文春文庫

こんな夜更けにバナナかよ 愛しき実話

原案・渡辺一史

文藝春秋

目次

こんな夜更けにバナナかよ

愛しき実話

I

一九九四年、札幌――。

さらさらと砂時計の砂が落ちていく。電動ベッドによって上体を起こした鹿野《しかの》靖明《やすあき》は、その様子をじいっと瞬きもせず凝視していた。

「はい、三分！　ふーふーして！」

砂がすべて落ちきるや否や、鹿野は電動ベッドの傍《かたわ》らに控える看護学校の女学生のひとりに指示を飛ばす。

女学生は念を入れてふーふーと息を吹きかけ、出来たばかりのカップラーメンを冷ました。女学生が恐る恐る口元に運んだ麺を、鹿野はうまそうに咀嚼《そしゃく》する。

「あ、新聞読む！　眼鏡《めがね》かける！　背中かゆい！」

ラーメンを飲み込んだ鹿野は間髪《かんはつ》いれず女学生たちに指示していく。彼女たちは戸惑いながらも、新聞を鹿野がよく見えるように掲げ、眼鏡をそっとかけ、鹿野の背中とベッドの間に手を入れ、背中をかいた。

田中久《たなかひさし》は、そんな一部始終を少し離れた場所から眺めていた。

今日はもともとボランティアに入る予定はなかった。しかし、入浴の日なのに、急に人が来られなくなったから来てくれと、田中は昨日、鹿野から電話でしつこく懇願されたのだ。それなのに、いざ来てみたら、いつも以上のボランティアがいた。以前からボランティアに興味を示していた看護学校の学生たちが、急に来られることになったのだという。

鹿野にとってボランティアの育成は、文字通り生死にかかわる大問題だ。もちろん、来てもらえる時に、来てもらうべきだ。しょうがないと曖昧に笑いながら、田中は内心ため息をついていた。

ここに来るために、田中はデートの約束をキャンセルしていた。ボランティアを理由にデートをドタキャンしたのは、これが初めてではない。彼女の不機嫌な声を思い出すと、胃がきゅっと痛くなる。誰かの機嫌を損ねたということが、とにかくストレスだった。

ぼうっと田中が見つめる先で、鹿野は女学生たちに細かい注文を付けている。

進行性筋《きん》ジストロフィーという全身の筋肉が衰えていく病を患う鹿野は、今や一人で寝返りを打つこともできない。

しかし、彼は親の元を離れ、施設を出て、自立生活という道を選んだ。そして、自らボランティアを集め、教育し、金のやりくりをし、多くの支援者の手を借りながら、ギリギリのところでその生活を成り立たせている。

すごいよな。

先生のように堂々と新人ボランティアに教える鹿野の姿に、田中は素直に思う。

自分が何をしたいのか、あまり考えたこともなく、ただ周りの人の気持ちを損ねないように立ちまわり続けてきた彼にとって、わがままだと思ってしまうぐらい、自分の欲や思いをぶつけるその姿は衝撃だった。

どうして、そんなに自分がしたいことが明確にわかるのだろう。

ぽんぽんと迷いなく指示を飛ばす鹿野を見るたびに、羨ましいと思う。

今も、田中は自分が何をしたいのかも、何をすればいいのかもわからず、もじもじと部屋の隅に立っている。

どんなつまらないことでもいいから、やることが欲しかった。

「今日は鹿野のハーレムデーね」

空気を入れて膨らませた簡易風呂を担ぎながら、主婦ボランティアの前木《まえき》貴子《たかこ》が入ってきた。女学生たちにかいがいしく世話を焼かれ、満更《まんざら》でもなさそうな顔の鹿野を見て、笑う。

貴子は鹿野を遠慮なくからかいながら、簡易風呂をセットし、手際よく入浴の準備を始める。

田中は慌てて駆け寄り、貴子を手伝い始める。

手を動かしているとほっとできた。この場所にいる理由ができたようで。

手を動かし続けながら、田中はふと恋人のことを思い出す。

デートをキャンセルしてほしいと告げると、彼女はここの住所を教えるように迫ったのだった。「偵察」に行くという彼女の声は、冗談にしては笑っていなかった。

まさか、な。

田中は小さく首を振る。

もうすぐボランティアの交代の時間だ。すぐに彼女に電話をしよう。

田中はせっせと手を動かす。

鹿野はその間も、少しも休むことなく、女学生たちにあれやこれやと指示を飛ばしていた。

安堂《あんどう》美咲《みさき》は迷うことなく、住宅街の道を歩いていた。

田中から聞いた住所は、普通っていた小学校の近くだった。住所を聞いただけで、場所は大体わかった。

田中と付き合いだして、まだ日は浅い。出会いは合コンだ。会ってすぐ、これは「当たり」だと思った。自分の話ばかりする男たちの中で、穏やかに美咲の話に耳を傾ける田中の姿は、それだけで誠実そうに見えた。

でも、それもみんな嘘だったのかもしれない。美咲は憤然《ふんぜん》と歩を進める。ボランティアに行っていると初めて聞いた時は、やっぱり優しい人だったのだと嬉しくなった。しかし、何度もボランティアを理由にデートをドタキャンされるにつれ、それがただの口実に思えてきた。筋ジストロフィーとか、病気の説明も、田中はそれはそれは熱心に、丁寧にしてくれたけれど、美咲の中の疑惑は消えなかった。

泊まりのボランティアだと言っていた時も、もしかしたら、違う女性と過ごす口実だったのかもしれない。

そんなことを思うと、自然と足は早まった。

静かな住宅街を、ランドセルを背負った子供たちが勢いよく駆けていく。その後姿を美咲はなんとなしに見送る。

自分が田中についた嘘のことが自然と連想され、胸の奥がちくりと痛む。

実際は喫茶店で働くフリーターだというのに、美咲は合コンの場で、大した意味もなく、教師を目指す教育大学の学生だと嘘をついた。田中は今も疑うことなくその嘘を信じている。いつかは本当のことを言わなければと思いつつ、好きになるほど、言い出せなくなった。

でも……それと浮気は別だ。

美咲は自分の嘘を思いっきり棚に上げ、また憤然と歩きだした。


目的の建物はすぐにわかった。レンガの外壁の集合住宅だ。手すりがついた廊下を通り、美咲は鹿野という大きな表札がかかったドアの前に立つ。ドアは薄く開いていた。女もののサンダルがドアに挟まっている。

美咲は迷うことなくスライド式のドアを開け、中に入った。

玄関には女性ものの靴が、何足も乱雑に脱ぎ捨てられている。

「ちょっと、何ジロジロ見てるんですか」

奥の部屋から若い女の声がする。

「ゴメンゴメン」

続けて聞こえた男の声は、まったく悪びれる様子もなく、変に堂々としていた。

「あんまりいいオッパイしてるからさあ、すごいよね」

くすくすと笑い声が起こる。「もう、やめてくださいよお」と抗議する女性の声も、どこか笑いを含んでいた。

美咲はためらいなくずかずかと上がり込んでいく。

妙に生活感のある部屋だった。おばあちゃんの家みたいにこまごまとしたものであふれている。ただ、雑然とはしているけれど、汚い感じはしなかった。しっかりと掃除が行き届いている。

「遠慮してても終わらないからチャッチャカ洗っちゃって。あ、背中とお尻は痛むみたいだから、そこはそっとね」

「そうそう。優しくね。とにかく痛いのは勘弁さあ」

声が聞こえるほうに進んでいく。奥の部屋が視界に入った途端、美咲は思わず足を止めた。

部屋の真ん中に、肩が尖るほどに痩せた、裸の男――鹿野がいた。五人の女性にそれぞれ腕や足を洗われ、全身泡だらけの鹿野を、美咲は茫然《ぼうぜん》と見つめる。

鹿野は突然、乱入した美咲に動じることなく、大きなメガネの奥からまっすぐに見つめ、「ああ、ボランティア志願者ね」と軽く言った。

「今、ちょうどボラ研修やってるとこだから、ほらこっちこっち」

「あ、いえ、私……」

鹿野の勢いに、美咲は口ごもる。そっと部屋を見渡すが、田中の姿は見当たらなかった。肩にかけたバッグの肩ひもをぎゅっと握って、立ち尽くしていると、鹿野の足を洗っていた貴子が陽気な声を上げた。

「さあて、ジョン君の様子はどうかなあ？」

貴子は鹿野の股間を覆うタオルを持ち上げ、覗き込む。

「あら、湿疹治っちゃったね、ジョン君」

どうやらジョンというのは男性器につけられたあだ名らしい。鹿野は真顔のまま「嘘お？」と言った。

「新人の子に薬塗ってもらうチャンスだったのになあ」

冗談なのか本気なのかわからないとぼけた口調に、女の子たちがまたクスクス笑う。美咲はぎゅっと肩ひもを摑んだまま、その光景を引き気味に見つめる。何がおかしいのか少しもわからなかった。

「お待たせしました！」

両手に大量の食料がつまったビニール袋を下げた田中が駆けこんできた。どうやら買い出しに行っていたようだ。

「ほんと遅いよ、田中君。いい加減、要領覚えてよ」

押さえつけるような鹿野の言葉に、ビニール袋をテーブルに置きながら、田中はすまなそうに頭を下げる。そして、すかさず袋の一つからハンバーガーを取り出し、笑顔で鹿野に向かって差し出した。

「……あ、これ、頼まれたハンバーガー」

「違うよ。今日はモスバーガーって言ったでしょ？　話、最後まで聞いてくれよ、田中くん」

　鹿野に呆れたように言われ、田中は手にしたドムドムバーガーの包みを慌てて確認する。

「……あ、すみません」

　田中は長身を折り曲げるように深々と頭を下げる。そして、顔を上げ、食料を冷蔵庫に移そうと振り返ったところで、ようやく美咲に気が付いた。

「え、美咲ちゃん？」

　驚く田中の顔を見上げ、美咲はにっこり笑って小さく手を振る。やっぱり誠実で優しい人なんだ。美咲の中の疑惑は、あっさりと消えていた。

「あれ、知り合い？」

　鹿野が気づいて声をかける。美咲は「あ、まあ」と曖昧に頷いた。

「そうか、田中君の募集で来てくれたんだ。嬉しいねえ、いい子が来てくれて」

　鹿野はまだ美咲がボランティア志望だと勘違いしている。正直に事情を説明すべきか、迷うように瞳を揺らす田中を、美咲は目で制す。

「あ、痛い痛い」

　女学生が腕を軽く押した途端、鹿野が顔を歪める。

「直接骨を押したら痛いよ」

「え、あたし?」ときょとんとした顔をする女学生に、「君だよ、君」と鹿野は苦笑しながらすかさず答える。そのやり取りにまた、鹿野を囲む女たちから笑い声が起こった。

「何しに来たんだよ」

人気のない玄関で、田中は美咲に小声で尋ねた。

鹿野の入浴も終わり、奥の部屋からは、簡易風呂を片付ける女たちのにぎやかな声が、絶え間なく聞こえてくる。

「偵察」

美咲は田中の顔を見上げ、いたずらっぽく笑った。

「全然会ってくれないから、念の為にさ。良かった。二股とかじゃなくて。でも、なんで私の約束よりボランティアなんかを優先しちゃうかなあ」

美咲が口をとがらせて言うと、田中はふっと優しい笑顔を浮かべた。

「今日は夕方で終わるから、メシでも行こうよ」

「じゃ、美味しいとこで」

たちまち機嫌を直した美咲が、くふふと笑いながら、田中の腕を甘えるように揺する。

「キャンセルって何だよ、それ!」

突然、隣の部屋から激しい鹿野の声が響いた。田中と美咲は顔を見合わせる。

鹿野のいる部屋を覗き込むと、鹿野はコードレスの電話を肩で支えるように持ちながら、電話をしていた。電話の相手はボランティアらしい。

「泊まりのボラがいなかったら、俺はどうなるよ！　一人じゃ寝返りも打てないんだぞ！」

しかし、鹿野の訴えは相手に届かなかったようだ。鹿野はうんざりしたように「もういいよ」と告げると、貴子を呼んだ。すっかり心得ている貴子は、さっと鹿野の手から受話器を受け取り、電話を切る。

「今日、瀬戸《せと》君来れなくなったって」

貴子は「ええ～」と驚きながらも、流れるような動作で、鹿野の顔の傾きをまっすぐに戻し、腕を車いすの手すりへと動かす。こうしたちょっとした動作も、鹿野は人の手を借りなくてはできないのだった。

「ふざけんなよ、あいつ。どうするよ、今日」

鹿野はいらいらと言う。ボランティアは鹿野にとってライフラインだ。途切れてしまったら、たちまちこの自立生活は行き詰る。不安から、いら立ちと怒りを募らせる鹿野をなだめるように、貴子はぽんぽんと肩を叩き、「誰か他の人探さなきゃね」とあっさりと言った。

「筋ジスなめんなよ！」

鹿野の怒りはおさまらない。鹿野は険しい顔のまま、電動車椅子をくるりと回転させた。

そして、部屋の入口から、そっと見ていた田中に気づくと、獲物に狙いをつけるように、まっすぐに近づいてきた。

「田中君、今の電話聞いてたよね」

「はい」

「だったら、今日の泊まり頼めるよな」

押しつけがましい口調に、美咲はむっとする。断れ断れと念じながら、田中を見あげる。

「それは……」

「医者の卵が困ってる患者見捨てるのかよ」

田中の顔が変わった。鹿野は知っているのだと美咲は思う。田中の弱いところをこの人は良く良く知っている。

「……わかりました」

小さく頷《うなず》く田中に、鹿野は食い気味に「ありがとう！」と礼を言った。

「助かったー！」

鹿野はやけに晴れ晴れとした声を上げる。美咲は、気まずそうに眼を逸《そ》らす田中を、じとっとした目でにらみつける。

　ふと視線を感じて目を向けると、面白そうに美咲を見つめる鹿野と目があった。

「……何か？」

「美咲ちゃんって言ったよね」

　電動車椅子でぐっと近づかれて、美咲はかすかに後ずさる。

「せっかくだから一緒にどう？」

「……え？」

「田中君だけじゃ不安だしさ、志望動機とかも聞きたいし」

「でも、私……」

　ボランティア志望じゃないとはっきり言わないとやっかいなことになる。慌てて口を開こうとした次の瞬間、タオルを両腕に抱えた貴子が後ろから口を挟んだ。

「鹿野に気に入られちゃったみたいね。ま、よろしくテキトーにやって、ね」

　貴子はにっとほほ笑むと、ぱたぱたと部屋の奥に向かう。

「楽しい夜になりそうだなあ」

　鹿野はにやあっと笑い、くるりと軽快に車椅子をターンさせると、貴子の後に続く。

　残された美咲は顔をしかめ、壁にもたれる。

「ムリムリムリムリ！」

美咲はずりずりと力なく崩れ落ちた。


結局、美咲はそのまま田中とともに、鹿野の家に残ることになった。

少しは田中と二人で過ごす時間があるかもしれないと期待したのだ。しかし、そんな時間はまったくなかった。

終始上機嫌な鹿野のとめどない話は、深夜二時を過ぎても終わる気配はなかった。美咲は半分うとうとした状態で、ほとんど相槌《あいづち》も打たなかったが、鹿野は気にする様子もない。

鹿野は美咲のことを知りたがった。

今は何をしているのかと尋ねられ、美咲は田中の目を意識しながら、教育大学の学生だと答える。

「へ～、美咲ちゃん、教育大学なんだあ。じゃあ、将来は先生だな。田中君、ワイン」

慌てて田中がワインをストローで飲ませる。鹿野は一口飲むと、小さく頷いた。田中がさっとストローを外す。

「あ、俺のシンポジウム来る？」

美咲は気だるげに頬杖をついたまま、ちらりと鹿野を見る。美咲が興味を示したと思ったのか、鹿野は早口でチラシを見せるよう田中に指示した。

さっと立ち上がった田中が、一枚の紙を美咲の前に置く。「障害者の自立生活を考える」と書かれたそのチラシには、鹿野の顔写真も掲載されていた。

「親や病院や施設に頼らないで、障害者が地域で当たり前のように生活できる社会の実現を目指してるわけさ。いや、俺の生き方が障害者の希望になってるとか言われたら断れないでしょ」

鹿野が得意げに言う。なるほど、わざわざシンポジウムに足を運ぶぐらい、鹿野の話に興味がある人もいるのだろう。しかし、興味もないのに、そんなことを自慢されても、その押しつけがましさにうんざりするばかりだ。

「美咲ちゃん、映画好き？」

唐突に尋ねられ、美咲はそっけなく「いえ、別に」と答える。

「じゃあ、音楽かあ。今度ジャズのライブでも見に行かない？」

答えるのも面倒で、美咲は深々とため息をつきながら、両手で目を覆う。

「でも、美咲ちゃんも忙しいみたいですし」

それまで、美咲の無言のＳＯＳにも、曖昧な笑顔で応じるだけだった田中がさすがに口を挟む。

「田中君に聞いてないよ、俺は美咲ちゃんと話してるんだからさあ」

「でも、鹿野さん。もう深夜二時過ぎてますし」

田中が遠慮がちに指摘する。しかし、鹿野はこともなげに言った。

「全然大丈夫。そもそも不眠症で寝れないから」

こっちは大丈夫じゃないんですけど、と美咲が心の中で突っ込む。眠れないとしても、時間も時間なんだから、ベッドに横になって目を閉じてくれたらいいのに。そんな美咲の願いも空しく、鹿野は冴《さ》え冴《ざ》えとした目で、腹が減ったと言い出した。

そろそろ寝た方がと促す田中の言葉を遮《さえぎ》り、鹿野は子供みたいなまっすぐな声で言う。

「バナナ食べたい」

「でも、バナナないですよ」

唐突に言われ、きょとんと目を丸くした田中は、冗談かと笑いながらいなそうとする。

「買ってきて」

あっさり言われて、田中の笑顔は固まった。鹿野はこれ以上ないくらい本気だった。

「どっかに売ってるでしょ。食べなきゃ寝れなーい」

美咲は小さく「えええ〜」と声を漏らす。信じられないと思った。こんな夜中にバナナを食べたいなんて、理不尽なわがままにしか思えなかった。

「バナナ」

「……わかりました。じゃあ、探してきます」

田中が立ち上がる。

「ごめんね。あ、財布持ってって」

鹿野に言われ、田中は冷蔵庫の横のかごに置かれた財布を手にする。鹿野に頼まれた買い物はこの財布から支払うことになっていた。

「ごめんね」

鹿野に軽く言われ、田中は少しこわばった顔で笑う。

美咲ははっと立ち上がり、玄関に向かう田中を慌てて追いかけた。

「あ、私、行きます。私が」

「美咲ちゃんも？　どっちか残ってよ!?」

一人部屋に残された鹿野が、振り返ることもできず、どこか心細げな声を出す。

「こんな夜中だし、いいよ俺行くよ」

小声で言う田中の手から、美咲は強引に財布をもぎ取る。

「あの男と私、二人きりにする気？」

田中をきっと睨みつけながら、小声で言うと、美咲は鹿野に聞こえるように大きな声で告げた。

「じゃあ、鹿野さん、バナナ買ってきますね」

いいから、鹿野の元に戻れと、無言で田中を手で払い、美咲は深夜の町に向かって駆け出した。

表通りに出てしばらく走ると、深夜営業のスーパーはすぐに見つかった。

しかし、バナナ売り場の前で、美咲は思わず「うそだー！」と声を上げる。特売品だったのか、バナナはきれいに売り切れていた。

美咲は仕方なしにまた走り出す。次に見つけた小さなスーパーは、外からも黄色いバナナの山が見える。しかし、無情にも閉店の札がかかっていた。

美咲は未練がましく、ガラスの扉をどんと叩く。

美咲はバナナを求め、夜の街を走り続けた。息を切らし、うんざりしたような声を上げながら、でも足を止めなかった。

彼女を突き動かしているのは、怒りだった。こうなったら、バナナを目の前に叩きつけてやる。その一心で美咲はひたすらに走り続けた。


「いい子だよね、俺のためにさあ」

鹿野がにやにやとしながら言う。51と言われ、田中は急いで白い石を指示された升目に置き、挟まれた黒い石をひっくり返す。オセロ盤の桝目には鹿野が指示しやすいよう、全て番号がふられていた。

美咲の帰りを待つ間、田中と鹿野はオセロを始めていた。

「きっと俺のこと、嫌いじゃないよね？」

自分の黒い石を置きながら、田中はちらりと鹿野の顔を見る。思った以上に、鹿野は美咲のことを気に入っているようだ。

「いや、まあ……多分」

「多分ってなんだよ、もっと盛り上げてくれよ」

「……すいません」

31と言われ、田中は鹿野の石を置く。ふいに強い眠気を感じた。もともと泊まりのボランティアの予定もなかったから、昨日は遅くまで勉強していたのだ。

早く寝てくれないかなとイライラと思って、すぐさま田中は自分を戒《いまし》める。

不眠症で眠れないことも、夜中にバナナが食べたくなることも、退屈しのぎにオセロをしたくなることも、別にわがままでもなんでもない。ごく普通のことだ。田中自身、夜眠れずに本を読むこともあれば、夜中にお腹が空いてふらっとコンビニに行くことだってある。

これをわがままだと言って抑圧してしまったら、病院や施設と同じだ。決められたルールの中で、安全で安心だけど自分の意志ではほとんど何も決定できない。そもそも、それを嫌って、鹿野は施設を飛び出したのだ。

鹿野はエド・ヤングという自らも重度の障害を抱えながらカウンセラーとして活躍するアメリカ人の北海道での講演会を手伝い、直接にたくさんのことを語り合い、多くの影響を受けた。

「自立とは、誰の助けも必要としないということではない。どこに行きたいか、何をしたいかを自分で決めること。自分が決定権を持ち、そのために助けてもらうことだ」

そんなヤングの言葉が、鹿野の「わがまま」の根底にある。

田中は鹿野のその考え方に衝撃を受け、強く共感した。

鹿野が自分で決めたことを、これはわがままだ、これはわがままではないとボランティアが勝手に仕分けするのはおかしな話だ。

そう自分の中ですっかり納得し、消化してるつもりなのだが、疲れていると、つい反射的に「わがままだなあ」と思ってしまう。

この日は二度もデートをダメにされたこともあり、鹿野に矢継ぎ早に指示されるほどにイライラが募った。

イライラを隠した無表情で石をひっくり返していると、息を切らせて、美咲が駆け込んできた。

「バナナ、ありました！」

美咲は手にしていたバナナをオセロ盤の上に勢いよく叩きつける。衝撃で石がばっと飛び散る中、美咲は挑むような目で鹿野をにらみつけた。荒く息をつきながら、怒りに顔を赤くした美咲を、鹿野はじっと見つめ返す。

「うわ、なんか今、ぐっと来た」

鹿野が美咲を見詰めながら、はしゃいだように言う。田中の目から見ても、怒りを露《あら》わにした美咲は綺麗だった。

鹿野はすぐにバナナを食べたいと言った。そのマイペースな口調に、すっかり毒気を抜かれた美咲は、ぜいぜいと息をしながら、ぐったりと座り込む。田中はすぐにバナナをむいて、鹿野に差し出す。鹿野の食べるペースはわざとかと思うほどにゆっくりだった。バナナを鹿野が食べやすい高さに掲げ続ける田中の手がぷるぷると震えだす頃、ようやく鹿野はバナナを食べ終える。

鹿野が最後の一口を飲み込むのを、田中も美咲もホッとする思いで見守った。

「うまいねえ」

鹿野がしみじみと言う。そして、間髪いれずに言った。

「もう一本」

その瞬間、美咲ががくっと首を垂れる。気持ちが完全に折れてしまったようだ。

「あれ、聞こえたよね？　もう一本買ってきてよ」

田中は鹿野の言葉に仰天したものの、次の瞬間には、さっきまであったいらいらがすっかり消え去っている自分に気づいた。それどころか、静かな優しい気持ちになっている。

この人の言うことは、何でも聞いてあげたいと言う気持ち。

これが「ゾーン」と言うやつなのかと田中は思う。

限界を超えたアスリートが体感する「ゾーン」と同じように、ボランティアも限界を超えるとすっと疲労や怒りが消える瞬間があると、先輩たちから何度も聞かされていた。

本当だったんだとやけに晴れ晴れとした気持ちで、田中は鹿野の財布を手にする。そして、力尽き、机に突っ伏した美咲を残し、バナナを求め、深夜の町へと飛び出していった。


「でさあ、北大医学部とは、そのあとどうなの?」

モップをかける手を止め、大人っぽいロングヘアをかき上げながら、バイト仲間の加《か》奈《な》が尋ねた。

テーブルを拭いていた美咲は軽く顔を上げる。

美咲はバイト先の宮田屋珈琲《コーヒー》店で、開店準備をしていた。

「ずるいよね、美咲だけ途中で合コン抜けちゃってさ」

もうひとりのバイト仲間である由美《ゆみ》が、備品を運びながら、口をとがらせる。ボブに切りそろえた髪がどこかコケティッシュな印象を与える由美は、加奈とともに、美咲の合コン仲間でもあった。

「もうやっちゃったっしょ」

「……まあ、それなりのことは」

美咲は体をくねらせながら照れたように笑う。

「あの田中記念病院の長男でしょう？　大病院のお坊ちゃまに遊ばれてるんじゃないの？」

加奈がやっかみ半分、心配半分に言う。美咲は浮かれた様子で笑い続けながら、即座に否定した。

「そんな人じゃないよ。今度、家にも遊びに行くし」

「嘘？　親に紹介？　結婚前提？」

目をきらきらさせて由美が駆け寄ってくる。美咲はへらっと笑み崩れた。

「いや、田中君、まだ学生だし」

「ずるいずるい！　今度、彼氏の友達紹介してよ」

由美にせがまれ、美咲は嬉しそうに「そのうちね」と答えた。

店の電話が鳴った。美咲は自分が出ると言って、階段を駆け下り、店の電話を取る。

「もしもし」と言う声だけで、すぐに田中だとわかった。

「やだ、田中君？」

美咲は由美たちの目を意識しながら、照れたように笑う。しかし、その笑顔は続く田中の一言ですっと消えた。

「……またボランティアに来てもらえないかな」

「え、なんで私が？」

「いや、鹿野さんが勝手にシフトに組み込んじゃってさ」

「えー、なにそれ」

冷たい声が出た。

「田中君、断ってくんなかったの？」

「いや、だって鹿野さんがあんまりにも嬉しそうで……でも、俺と同じ日にしたから、終わったらデートもできるしさ」

そういう問題じゃないといらいらした。田中が優しい人だということはわかる。鹿野を気にかけていることも。でも、自分だって恋人なのだ。もっとちゃんと優先してもらってもいいはずだ。

「ちょっと待ってよ、なんであの人の為に。病院に任せたらいいじゃない」

「いや、障害者は施設や病院で一生を終えるのが当たり前って、俺ら健常者はつい思いがちだけど、果たしてそうかな？　鹿野さんとつき合うようになって、俺はそう思うようになった」

「ふーん」

美咲の気のない相槌にも気づかず、田中は熱心な口調で続けた。

「どんなに障害があっても、地域で当たり前に生活したい。そんな世の中にしたいんだという鹿野さんの思いを、俺は支持する」

「ふうん、偉いんだね」

「あの人のワガママは、命がけだよ……ごめん、今から実習だから切るね。待ってるから」

「ちょっと待って……」

電話は切れていた。ツーツーという音を耳に響かせながら、美咲はため息をつく。

二度と会うことはないと思っていたあの人に会うのかと思うと、ため息が止まらなかった。

美咲が口元に運んだシャケを、鹿野は味わうようにゆっくりと咀嚼した。

「美咲ちゃんに食べさせてもらうと美味しいねえ」

「味は一緒です」

美咲はそっけなく答える。「ごはん」と言われ、機械的にご飯を運ぶ。

部屋には美咲と田中の他に、もう一人、ボランティアの男性がいた。高村大助《たかむらだいすけ》という

その中年の男性は鹿野の昔からの友人でもあるという。

高村は細かく、複雑なシフト表を睨みつけながら電話をしていた。

「鹿野さあ、貴子さん、日曜大丈夫だって？」

電話口を抑えた高村に尋ねられ、鹿野がかすかに頷く。

「としたら、土曜の夜だなあ。無理って言うのがわかってるんだけどさ、どうしても週末だけ埋まらなくて。……ほんと？　あー、助かるわあ」

高村はホッとしたような顔を、鹿野に向ける。鹿野もほっとした顔で「埋まってよかったー」と声を上げた。

美咲がこの部屋に来てから、鹿野はずっと休みなく電話をかけまくっていた。シフト表の穴を埋めるためだ。なだめたりすかしたり、強引に迫ったり、鹿野は相手によって言葉を変え、相手を説得する。しかし、週末の学生たちは忙しい。どうやら田中のようにデートの予定をキャンセルしてまでボランティアに駆けつける人は、ごくわずかのようだった。

一向にＯＫの返事をもらえず、鹿野は悪態《あくたい》をつきながらも電話をかけ続けた。何度も断られ、鹿野の食事中、高村が代わって電話をかけはじめてからも断られた。半日がかりでやっとボランティアを確保した二人はひどく嬉しそうにしている。

その表情をちらちらと見て、美咲はなんでわざわざ、こんな大変なことをしているのだろうと思った。病院や施設にいれば、こんな人を探す手間をかけることもなく、ボタン一つで助けを呼ぶことができるのではないか。

醒《さ》めた気持ちのまま、機械的に、食事を介助し続ける。二人の後ろでは、田中が洗い物をしていた。

「あ、田中君、時計止まってる。電池か？」

鹿野に言われ、田中はすぐに手を止めて時計を確認する。電池を替えれば動くようだが、生憎《あいにく》買い置きは切らしていた。

「じゃあ、僕、電池、買ってきます」

「あ、鹿野の財布持ってって。レシート忘れないでね」

高村に言われ、田中は頷き、財布を手に玄関に向かう。

「じゃあ、ついでに粗びき珈琲二百グラムと、ドムドムバーガーと、レディーボーデンのバニラと『すすきのタウン情報』と……あと……」

指折り数えながら聞いていた田中は、もの言いたげな鹿野の顔を怪訝《けげん》そうに見つめる。ようやく鹿野の意図を察した田中は、はっとした顔で「エロトピア！」とずばりと言った。

口をへの字にした鹿野に、田中は任せてくださいとばかりに笑顔で大きく頷くと、勢いよく駆けだしていく。

「大きい声で言わなくていいんだよ、田中君」

気まずそうな鹿野を、美咲はわざとじろりと見る。ノートに日誌を書いていた高村が声を上げて笑った。

「ボランティアが読みたがるんだよねえ」

あからさまな鹿野の言い訳に構わず、美咲は食べ終えた鹿野の食器を流しに運び、洗い始める。

「あー、タカムー、ケツ痛い」

おっと言いながら高村が立ち上がり、鹿野の背後に回る。そして、鹿野の脇から両腕を差し込むようにして抱きかかえた。猫のようにぶらんと長く伸びている鹿野の姿を、美咲は思わず見つめる。

「ずっと座ってると、お尻が床ずれしちゃうんだよ」

高村の説明に、美咲は黙って頷く。大変だなあ、とこれには素直に思った。

泡立てたシェービングクリームを塗った鹿野の顔に、美咲はティー字剃刀《かみそり》の刃を当てる。

至近距離からじっと見つめる鹿野の視線に気づいてはいたが、美咲は不機嫌そうな無表情で撥ね退け、淡々と刃を滑らせていく。

「うまいねえ、美咲ちゃん。毎日頼みたいな」

「そんな毎日伸びませんから」

美咲はそっけなく言うと、洗面器で剃刀を洗い、水気を拭く。

「毎日伸びるよ」

「一日二回剃る人もいますよね」

午後のシフトで入ってきたボランティアの塚田《つかだ》心平《しんぺい》が、口を挟む。大きな背中を丸めた、どことなく自信なさげな中年男性だった。塚田は気をきかせて、美咲の手からおしぼりを取ると、まだ泡の残る鹿野の顔を拭き始める。

「ちょっと、塚田君、なんで拭いちゃうの。美咲ちゃんに拭いてもらいたかったのに」

「すみません」

塚田は大きな体を縮めるようにして謝りながら、それでも丁寧に鹿野の顔を拭いていく。

美咲はふと窓の外に目を向ける。

両腕に買い物袋を下げた田中が、小走りで帰ってくるのが見えた。

田中は雑誌類を鹿野に渡し、時計の電池を交換すると、すぐさま今度はトイレ掃除を始めた。力を入れて、丁寧に便器を磨く姿に、美咲はどうしてと思う。どうしてこの人も、他の人たちも鹿野のわがままに付き合っているのだろう、と。

彼らがここまで熱心な理由が、美咲にはうまく理解できなかった。

そんな美咲の消極的な姿勢に気づいていないわけはないだろうに、鹿野は嬉々として研修だと、自ら美咲にボランティアのいろはを教えていく。

大事な薬についても、鹿野は自らレクチャーを行《おこな》った。

「筋ジスという病気が恐ろしいのは、手足の筋肉だけでなく、内臓の筋肉も徐々にむしばんでゆくこと。心臓もまた筋肉のかたまりだからね。筋ジスの進行とともに、徐々に筋力低下が進んでしまう。俺は三十二歳のとき、心臓の筋力低下により、拡張型心筋症と診断された。以来、薬は、俺の生活の命綱なんだ。塚田くん、ちょっと薬持ってきて」

塚田が「はい」と言って、薬を持ってくる。塚田は鹿野の説明に合わせ、たくさんある薬の中から一つ一つ美咲に見えるように掲げる。

「まず、心臓の機能を高めるための強心剤、そして、体内の余分な水分を取り除く利尿剤、それから、利尿剤を飲むことで、体内のカリウムやナトリウムも一緒に排出されてしまうために低カリウム血症や低ナトリウム血症になりやすいんだ。だから、それを補うためのカリウム製剤とナトリウム製剤……」

説明は淀みなかった。鹿野は薬の名前だけではなく、それが自分の身体にどのように作用するかもしっかりと把握していた。よくわからないままに薬を飲んだり、処置されたりするのが嫌で、病院に行くたびに担当医を質問攻めにするらしい。

鹿野は壁を指さす。そこには、月曜日から日曜日まで、それぞれ朝、昼、夕、寝る前という四つのポケットがついたカレンダーが貼ってあった。ポケットの中には、その時飲むべき薬が小分けされている。

「飲み忘れや二度飲みをしないよう、薬局の人が薬を届けてくれたら、必ずあそこの薬カレンダーで管理して。あれは、塚田くんのアイデアだったよね」

鹿野の言葉に、塚田が照れくさそうに、「はい、まあ」と頭をかいた。

「あ、体交《たいこう》」

塚田は横向きにベッドに横たわる鹿野の足からクッションを外し、鹿野の腕を胸の前でクロスさせ、ゆっくりと仰向けにする。

「体交とは体位交換の略で、寝返りを介助すること。これ案外難しいけど、コツをつかんだら、ボラとして一人前かな」

得意げに言うだけあって、力を入れていないかのような、自然でスムーズな体位交換だった。

「美咲ちゃんも早く覚えてね」

鹿野に言われ、無言でかすかに頷く。

「次に教えるのが、キッチン周りかな」

塚田に促され、今度は台所で、夕飯づくりを手伝わされる。

人使いが荒いなあと、美咲は乱暴にニンジンの皮をむきながら、内心、ボヤく。珈琲店のバイトよりよっぽど忙しい。

「あーいたいいたいいたいいたいいたい！」

鹿野の哀れっぽい声に振り返る。

田中が鹿野を抱え、ベッドから車椅子に移しているところだった。田中は鹿野の腕の下に手を回し、しっかりと支えているように見える。しかし、高村に抱えられた時と何が違うのか、鹿野はしきりに痛がっていた。

田中はおろおろしながらも、何とか鹿野を座らせる。

「田中君、殺す気かよ。肩とれちゃうよ」

鹿野に責められ、田中はぺこぺこと謝る。

「落ち着いてやらないと、いつまでたっても上達できないぞ」

田中に対しても鹿野は先生のようにふるまう。その押さえつけるような強い口調に、美咲のニンジンをむく手は自然とより乱暴になった。

「ワイン買ってきました」

買い物から帰ったボランティアの城之内充《じょうのうちみつる》が声をかける。いかにも今時の大学生という雰囲気の青年だった。城之内はワインをテーブルに置くと、続けて袋からサラミを取り出した。

「お気に入りのサラミもどうぞ」

「城之内君は気が利くねえ」

美咲の耳にそれは、察しが悪く不器用な田中への当てつけに聞こえた。田中は鹿野の足元にうずくまり、ステップにそっと足を載せる作業に集中している。

作業が終わると、鹿野は電動車椅子をくるりと回転させ、城之内と向き合った。

「来月のシンポジウム、友達も誘いましたよ。楽しみです」

城之内はにっこりと笑って言う。美咲の耳には完全におべんちゃらに聞こえたが、鹿野は明らかに上機嫌になって目を細める。

「うれしいこと言ってくれるねえ」

「〝俺がわがままにふるまうのは、他人に迷惑をかけたくないからって縮こまってる若者に、生きるってのは迷惑をかけ合うことなんだって伝えたいからなんだ〟。鹿野さんのあの言葉にはハッとしましたもん」

「わかってるねえ、城之内くん」

城之内は「ところで」と途端に声を落とし、気まずげにズボンをさする。

「ちょっと、実家で急用が」

「え、そうなの？　マジか、困ったな……塚田君！」

玉ねぎを刻んでいた塚田が振り返る。

「夜泊まれるか？」

「いや、僕、今日、仕事が……」

「……そうだよなあ。田中君、今日泊まれるよな」

後ろで黙々と乱れたベッドを直していた田中は、唐突に決めつけるように言われ、目を真ん丸くする。そろりと美咲の様子をうかがう田中の表情に、まずいと思った美咲は慌てて口を挟んだ。

「でも、田中君、今日、デートがあるみたい」

「デート？　デート!?」

鹿野は不機嫌さを隠す気もない口調で繰り返すと、くるりと向きを変え、田中の顔をじっと見上げた。

「デートなんていつだってできるだろう？　医学生がそういうことでいいのかよ」

美咲は唇をぐっと噛む。腹が立っていた。田中の人の好さに付け込むような鹿野にも腹が立ったし、はっきりと断れない田中にも腹が立った。

「城之内君、タバコくれ」

城之内ははいと返事して、タバコを探す。

「鹿野さん、タバコやめた方がいいと思います」

遠慮がちに意見する田中に、鹿野は顔をしかめた。

「うるさいよ！　俺の勝手だろ!?」

田中は何も言い返せずに俯く。

美咲は鹿野の顔をまっすぐに睨みつけた。

俺の勝手だろ？

美咲は心の中で繰り返す。これだけ、人を自分の都合で振り回しておいて、ちょっと意見されたら自分の勝手だと突っぱねる。

何それ、と思った。

「あのさ、鹿野さん、何様？」

美咲は怒りを抑えた、平坦な声で尋ねる。

「は？」

タバコをくわえた鹿野がゆっくりと振り返る。

「障害者ってそんなに偉いの？　障害者だったら何言ってもいいわけ？」

「いや、美咲ちゃん、今のはちょっと」

止めようとする田中に目もくれず、美咲は鹿野をにらみつけ、感情に震える声でずっと思っていたことをぶちまけた。

「ほんとむかつく。ボランティアだってみんな自分の大事な時間を削ってさ、世話してやってるんだよ？」

美咲の言葉に、鹿野もまたかちんと来たようだった。

「してやってるって何だよ」

強い口調で言い返す鹿野の口から、まだ火のついていないタバコがぽろりと落ちる。

「ボラだって俺からいろいろ学んでるんだ。付き合いは平等だって。みんなも言ってるさ」

「それはやさしさでしょ？　そんなこともわかんない？　そのうち誰も来なくなるよ」

「いや、やめないよ、誰も。みんな俺のこと愛してるもの」

「みんなはそうでも私は違う」

「出たよ、ほら」

鹿野は皮肉気に唇を歪めた。

「私は特別ってアピール？」

「ホント最低。もう二度と来ない」

美咲はバッグをつかみ、玄関に向かう。

「だったらいいよ、もう来なくて。二度とくるな！」

吐き捨てるような鹿野の言葉を背中に聞きながら、美咲は部屋を飛び出した。

しばらく歩いてちらりと振り返る。

田中は追いかけてきてはくれなかった。

部屋を飛び出していった美咲のことが気になりながらも、あの日、田中は鹿野の部屋にとどまった。

他に泊まりで入れるボランティアがいない以上、自分がいなくなったら、鹿野が困る。そう思ったら、留まるしかなかった。

美咲とはあれから何度かデートもしたが、二人の間で鹿野のことはタブーのようになっていた。ボランティアに行くことは別にいい、でも、話題に出さないでほしいともはっきり言われた。

鹿野もまた、美咲の話を一切しようとはしなかった。いつも以上に明るく元気にふるまっていたけれど、田中の目からは、少し無理しているように見えた。

美咲が帰ってしまった日から数日後、田中はまた泊まりのボランティアをすることになった。

ずっと、むしゃくしゃとし、どこか落ち着かない様子だった鹿野は、夜になり、突然、AVが見たいと言い出した。鹿野の要望は自分の気持ちに忠実な分、いつも唐突だ。

田中は鹿野の好み通りのAVをレンタルショップで借り、ビデオデッキにセットすると、鹿野の指示通り、部屋の電気を消した。

そのまま隣の部屋で待機しようとした田中を鹿野が引き留める。

鹿野はＡＶを一緒に観てほしいと言った。さらには、自分だけ脱ぐのも恥ずかしいから、一緒になってズボンを脱いでほしいと。

ボランティアとして、どこまでその要望に応えるかというのは難しいところだ。もちろん、鹿野がしたいことをサポートするというのが大原則だけれど、タバコのように鹿野の身体にとって明らかに良くないものを好きなだけ吸わせるのがいいのか、など考えだすと迷うことも多い。

ＡＶを借りて来るというのは当然だが、一緒に自慰をするというのは当然かどうか。田中は長いこと躊躇い、渋々とズボンを脱いだ。

こんなプライベートな体験を共有するなんて、友達とだってしたことはない。

テレビ画面ではＡＶ女優が派手にあえぎ続けていたが、田中は鹿野の存在が気になって気になって、少しも集中できなかった。

「……どうしても付き合わなきゃダメですか？」

たまりかねた田中がおずおずと尋ねる。

「なんかさ、隣の部屋で待たれてても、恥ずかしくてさ」

「一緒にっていうのもだいぶ恥ずかしくないですか？」

「田中君、ちょっと早送りして」

田中はリモコンで早送りする。鹿野が「ストップ」と声を上げたところで、再生ボタンを押した。再び、ＡＶ女優の派手なあえぎ声が部屋に響き始める。

　鹿野はしばらく画面を見つめた後、深々とため息をついた。

「駄目だ。やっぱ集中できないわ。田中君、ペンと便箋《びんせん》」

「……え？」

　一瞬、ペンと便箋をどう自慰に活用するつもりなのかと混乱した。

「手紙書く！」

「……手紙ですか？」

「ペンと便箋！」

　慌てて立ち上がった田中は、下ろしていたズボンに足を取られ、転びそうになる。ものすごい勢いでズボンをはくと、田中は隣の部屋に向かい、ペンと便箋を探した。

　ＡＶを消し、妙に静かになった部屋で、鹿野は真っ白な便箋を前に、宙を見つめる。そして、唐突に、「安堂美咲様」と口にした。

「先日は大変失礼致しました」

「美咲ちゃんにですか？」

「そうだよ。ほら、書いて」

「僕が？」

「最近、字が下手糞になってきちゃってさあ」

田中は頷いて、ペンを取り、鹿野に代わって、美咲宛の手紙を書き始める。

「怒らせてしまったことは反省しています……綺麗に書いてくれよ、田中くん」

「はい」

「でも、俺のことも理解してほしい。なんというか……」

謝った後に、すぐさまこう続けるのが、鹿野らしいと思った。しかし、続く言葉に自分はまだまだ鹿野という男がわかっていないのだと思い知らされる。

「君に恋をしてしまったから」

「……そんなこと、書いちゃうんですか？」

「そこが一番大事なとこなんだからさあ……一行開けて、ここ」

ボランティアとして、自分の恋人に対するラブレターを書くのは当然か否か。美咲との関係を黙ったままで、鹿野の気持ちを応援するようなことをするのは、鹿野を騙すことにもならないか。田中は迷うようにちらりと鹿野を見たが、結局、鹿野に急かされるままに、一行開けて、丁寧な字で、彼の言うことを書き留めた。


忙しい田中とのつかの間のデートを楽しむつもりで、北海道大学の医学部に足を運んだ美咲は、白衣姿の田中から手紙を渡された。鹿野からの手紙だ。

読んでほしいと懇願され、しぶしぶ手紙を開く。

手紙は「君に恋をしてしまったから」と告げた後、こう結ばれていた。

「ぜひともお詫びの機会を設けさせて頂きたく、お食事にお招きしたく思っております。早い話がデートのお誘いです。宜しくお願いします」

北大のキャンパス内に広がる緑の中をゆっくり歩きながら、手紙を読む。

読み終えて、美咲は手紙を田中につき返した。

「……随分達筆ね」

「いや、代筆したから、俺が」

「はあ？」

美咲は呆れてしまう。田中は困ったように目を伏せた。

「だって、頼まれたらボラとしちゃ断れないでしょう。で、これ鹿野さんからね」

田中は一輪の赤いバラを手渡す。このきざなプレゼントを、美咲は眉一つ動かさず受け取った。

「ねえ、ボランティアって何？」

「……え」

「なんであの人の為にそこまでするの？　自分はいい人だとか自己満足したいわけ？」

足を止め、太い木にもたれるようにして、田中を見上げる。田中は少し考え、口を開いた。

「鹿野さんは誰かの助けが必要なんだよ」

田中の答えはシンプルだ。でも、美咲にはよくわからなかった。誰かの助けが必要なら、それが病院や施設ではだめなのだろうか。

「で、デートはいける？」

田中に問われ、美咲は木の周りを落ち着きなくぐるぐると歩き始めた。田中も遅れてついてくる。

「ねえ、私たち付き合ってるんだよね？」

「そのつもりだけど」

「自分の彼女を差し出すのもボランティア？」

「いや、そうじゃなくて」

田中は困ったように笑った。

「鹿野さんが元気になるためだから。頼むよ。今回だけだから。ね、お願い。お願い美咲ちゃん」

田中は両手を合わせて拝みたおす。美咲は足を止め、田中に向き直ると、強い目でじっと見上げた。

「……じゃあ、私のお願いも聞いてくれる？」

「うん、もちろん、もちろん」

美咲は手をちょこちょこと動かし、かがむように合図する。かがんだ田中の耳元に、美咲はお願い事を囁いた。

「えーっ、え、ここで」

田中は照れたように笑う。美咲はまっすぐ田中を見たまま、頷いた。

「今じゃないでしょ」

「今！」

笑顔できっぱり告げる。田中は「えー、今」と渋っていたが、あたりをそっと見回すと、覚悟を決めた顔になった。両肩に手を置かれ、美咲は真剣な田中の顔を、わくわくしながら見つめる。

田中はもう一度辺りを伺い、優しく美咲の腕をつかむと、そっと唇を重ねた。美咲は田中の首に腕を回し、キスを深める。

美咲の手から、鹿野がプレゼントしたバラがぱたっと落ちる。しかし、田中とのキスに夢中の美咲は、そのことに気づきもしなかった。

Ⅱ

　鹿野が指定したデートの場所は、八剣山だった。札幌の中心部から車で四十分ほどの場所にあり、標高はさほど高くないながらも、その美しい景観から登山客の人気も高いスポットだ。八剣山には、自然の中でジンギスカンを楽しめる果樹園があり、鹿野はその場所を予約していた。

「美咲ちゃん、美咲ちゃん!」

　つばの広い帽子をかぶり、スカーフを首元にまき、ベストまで身に着け、カウボーイスタイルできめた鹿野が、満面の笑みを浮かべながら、大声で呼びかける。

　ここまで車で鹿野を送ってきた高村と田中は、電動車椅子を器用に操る鹿野の後に続きながら、笑顔を交わす。

「鹿野さん、嬉しそうですね」

「外出が一番の楽しみだから。でも、今日は特別だな」

　鹿野に気づいた美咲が、立ち上がって頭を下げる。

「よく来てくれたねえ」

嬉しそうな鹿野に、美咲は曖昧な笑顔で会釈する。後ろに見える、鹿野の側の人間然とした田中の笑顔に、軽くイラッとした。

皆がテーブルに着くと、すぐさま羊肉と野菜が運ばれてきた。

肉を焼く香ばしい匂いがすぐに立ち込める。

高村が焼けた肉にたっぷりとタレを絡めて鹿野の口元に運ぶと、鹿野は満足げに頬張った。

美咲も田中も夢中になって、飲み物を片手に、肉と野菜を口にする。

「これ、止まんないですね、鹿野さん」

「うまいっしょ、田中くん」

鹿野はひどく自慢げに言った。

「焼き過ぎはダメよ。レアーが一番さ」

鹿野が高村に注文を付ける。そして、肉汁が滴るレアーの肉を、鹿野は次々に平らげていった。ストローでビールも飲み、すっかりご機嫌な鹿野は、黙々と肉を食べる美咲を見つめる。

「楽しいねえ。デートなんて久しぶりだなあ」

「前はよくしてたみたいな口ぶりね」

美咲はシニカルに言う。鹿野はにやっと笑った。

「だって、モテたから、俺。それで、カミさんと揉めたりさ」

「カミさん？」

美咲は皮肉な態度をとるのも忘れるほど驚いて、思わず聞き返す。常にボランティアの助けが必要な鹿野が、恋愛どころか結婚までしていたなんて思ってもみなかった。勝手にそういうものとは無縁なはずだと思い込んでいたのだ。田中も初耳だったようで、肉を喉に詰まらせ、軽くむせながら、目を丸くしている。

「結婚してたんですか、鹿野さん？」

「あの時は幸せの絶頂だったなあ」

「まあ、あの時は、結局、浮気されちゃったんだけどね」

高村が笑いながら言う。鹿野も笑っている。どうやらもう鹿野にとって、その手痛い失恋は過去のことのようだ。ごく明るい口調で、「その時は不幸のどん底でさあ」とあっさり言った。

「けどまあ、命無くした訳じゃないし、夢追い続ける事にしたわけさあ」

「鹿野さんの夢ってなんですか？」

田中に問われ、鹿野は少しも考えることなく答えた。

「沢山あるよ。純連《じゅんれん》のラーメン食べたいとかさ。美瑛《びえい》に旅行行きたいとかさ。『徹子の部屋』出たいとかさ」

　思いがけない答えに、美咲も思わず心から笑う。

「最大の夢はアメリカ旅行だよな」

　高村に言われ、鹿野はにやっと笑う。美咲は「えーっ」と声を上げた。目をぱちぱちとさせて鹿野を見る。鹿野のやることをわがままだと思っていたけれど、ここまで突き抜けていると、なんだかもういっそ感心してしまう。

「エド・ヤングってアメリカの障害者活動家がいてさ、その人に見込まれて、俺は自立生活を始めたわけよ」

「今度は鹿野から会いに行くっていって、英語の勉強もしててさ」

　高村に言われ、鹿野は自慢げな顔になった。

「中学の頃は勉強どころじゃなかったからさ、英検三級とるのに随分時間がかかったよ」

「今は英検二級が目標だよな」

「ま、最終的には有名になることかな」

　これはまた漠然とした夢だ。美咲は「有名？」と繰り返す。隣で田中が勢い込んで、

「有名になって日本の福祉を変えたいとか？」と尋ねた。

「ま、それもあるけどさ。有名になったらボラ集まるっしょ。ボラ集まらなかったら生

きていけないしね」

鹿野のとぼけた口調に、美咲は笑う。吹く風が心地いいからだろうか。いちいち引っかかっていた鹿野の言葉が、不思議とすっと入ってくる。

「お前、チヤホヤされて、モテたいだけだろ」

鹿野をよく知る高村が遠慮なく突っ込む。鹿野は「違うよ」とすぐさま否定し、「日本の福祉を……」とカッコつけようとする。

その時、ガーデンに大音量のギターの音が響き渡った。

特設ステージで、アマチュアのロックバンドが、演奏を始めたようだ。

鹿野はその音に顔をしかめた。

「やかましいのが始まっちゃったよ。ロックっていうのはジャズみたいな深みがないっていうか、うるさいだけで……」

「これ、私の大好きな曲だ！」

イントロだけでなんの曲かすぐにわかった。美咲は鹿野の蘊蓄も聞かず、特設ステージの方に駆け出していく。

「そうなの、美咲ちゃん。……まあ、たまにはロックもいいか」

鹿野はくるりと手の平を返すと、慌てて電動車椅子で美咲の後を追う。

特設ステージの前には、続々と人が集まり始めていた。

皆、音に合わせて体を揺すっている。

曲はブルーハーツの「キスしてほしい」だった。

美咲は両手を突き上げ、音楽に乗る。気づけば隣に、鹿野がいた。鹿野は動かすことができる指先で、小さくリズムを取っている。

演奏が激しくなるにつれ、美咲はジャンプする。鹿野は電動車椅子で音楽に合わせ、くるくると回り始めた。リズム感がいいのかやけに音楽にあっている。その楽し気な様子に、美咲も一緒になってその周りをくるくると回った。

「生きているのがすばらしすぎる」とロックバンドは熱く歌う。「キスして欲しい、キスして欲しい」と繰り返し歌う。

何度も何度も聞いた大好きな曲だというのに、初めて聞いたみたいな感じがした。心地いい風に吹かれ、大好きな曲に包まれ、生きているということを強く感じた。その素晴らしさも。

鹿野が美咲の視線に気づき笑顔を向ける。美咲も輝く笑顔を返した。

不意に、おんなじだと思った。

自分も、鹿野も。

いい音楽を聴けば、感動するし、一緒に笑っていると、楽しい。

これまで障害者を差別したり、区別したりするべきでないと教えられてきたし、当たり前のように自分にもその感覚があると思っていた。

でも、自分は鹿野を鹿野としてではなく、初めからただ障害者という前提で見ていたのだった。

「障害者ってそんなに偉いの？」と美咲は鹿野に言葉をぶつけた。

でも、きっと違うのだ。鹿野は障害者だから偉そうなわけではない。偉そうなのは鹿野の個性だ。障害者として戦ってきたことが、もしかしたら関係しているかもしれないけれど、でも、障害者だからって威張っているわけではない。

そういうことが一瞬のうちに、わかった。

美咲は鹿野を見る。この曲を初めて聞いたみたいな感じがするのと同じように、初めて出会った感じがした。

美咲と鹿野は微笑みあいながら、踊り続ける。

しかし、突然、鹿野は動きを止めた。みるみるその顔が歪み、脂汗が浮かびはじめる。

「どうした？」

異変に気付き慌てて駆け寄った美咲に、鹿野は苦悶《くもん》の表情のまま、情けなさそうに告げた。

「ごめん、こんな時に……レアー食い過ぎたかな。やばい、下してる……やばい、もう限界！」

「……あ、はい！」

美咲はすぐに鹿野の車椅子を押し始める。考えるより先に体が動いていた。

やばいやばいと泣きそうな声で繰り返す鹿野を押して、美咲はトイレに向かって走り続ける。

しかし、トイレを見るや否や、鹿野は「あっ」と悲痛な声を上げた。

「美咲ちゃん、車椅子用こっちじゃないよ」

「ああ、ごめんなさい」

美咲は方向転換し、別の場所のトイレを目指し走り始める。

「ああ……来てるよ……！　やばいやばい、来てる来てる」

鹿野の声はどんどん切羽詰まったものになっていく。

「ここはお尻の筋肉を締めて頑張るしかありません」

「でも、俺、筋肉弱ってく病気だから」

「あ、そっか」

美咲はますます足を速める。しかし、うめき声をもらすだけになった鹿野は、「ああ〜っ」と悲し気な声を上げ、天を仰いだ。

事態を察した美咲は足を止める。

弛緩《しかん》した顔でしばらく黙っていた鹿野は、泣きそうな顔で、「ごめん」と言った。

遠くから、風に乗って、「キスしてほしい」の演奏が聞こえてくる。

うな垂れる鹿野の後頭部を見下ろしながら、美咲は初めて体験するような、優しい気持ちに満たされるのを感じていた。

「どうした?」

駆けつけてきた高村が声をかける。高村はすべてを察し、明るく笑い飛ばした。

「大丈夫だよ、着替えあるから」

そして、鹿野は高村の手を借り、車椅子用トイレで着替えた。

カウボーイ風の気合の入った服装から、スウェット姿になった鹿野は、帰り道、「いや、平気だよ、俺」と明らかに強がりのにじむ明るい声で言った。

「落ち込んでなんかないから。大丈夫大丈夫。全然気にしてない……いや、ウケるよな」

鹿野は自分で笑って見せる。美咲はその隣をぶらぶらと歩いていた。

少し遅れて歩く田中は、隣を歩く高村に小声で言った。

「相当引きずってますね」

「言えば、言うほど、イタいよな」

高村は強がりつづける鹿野を見て、苦笑する。

「仕方ないじゃん。誰だってウンチぐらい漏らすよ」

突然、美咲はくるっと振り返り、鹿野だけに聞こえるように言った。

「……え……美咲ちゃんも漏らしたことあるの？」

「……大学入試の時に、ずっと漏らしたまま受け続けてたから」

「うっそ、マジそれ？　ロックだねえ、美咲ちゃん」

美咲は変なテンションになって、イエー！と声を上げながら、けたけたと笑う。

墓場にまでもっていく人生の汚点だと思っていた事件を、こうして鹿野と一緒に笑っているのが不思議で、爽快だった。

「あ、今度さあ、みんなでカラオケ行かない？」

美咲はくるっと回りながら鹿野に言う。頭の中ではまだ、「キスしてほしい」がぐるぐる回っている。

「いいねえ」

高村が、すぐさまその話に乗った。

「行こうぜ、鹿野」

「いいのかなあ。俺の歌を聞いたら、女はみんな惚れちゃうよ」

美咲は「えー！」と言って笑い崩れる。田中も高村も声を合わせて笑った。

美咲はぴょんぴょん跳ねながら、「キスしてほしい」を口ずさみ始める。

その姿を見ながら、鹿野は「ロックだねえ」と嬉しそうに唸った。

夏の日差しの下に、ヒマワリが揺れている。

その光景を一瞬目に焼き付けると、鹿野はボランティアに付き添われながら、勤医協札幌西区病院へと入って行った。

病院や施設を出て、自立生活という道を選んでも、筋ジストロフィーという病気とともに生きていく以上、定期的に病院に通う必要があった。

診察室の前でボランティアと別れ、鹿野は一人で医師の野原博子《のはらひろこ》と向き合う。

看護師が心電図のデータを、野原に手渡す。そのデータに目を落とした野原は、難しい顔で鹿野を見詰めた。

「……重症不整脈が出てる。拡張型心筋症だからね。心臓の力がだいぶ弱っている」

鹿野との付き合いも随分長い野原は、前置きなく、率直に告げた。

心臓も筋肉だ。心臓が弱っていくことは、筋ジストロフィーの宿命ともいえた。

「明日にも入院してもらうからね」

鹿野はふっと笑った。

「俺の病院嫌いは野原先生が一番知ってるでしょう?」

「あんたには随分手を焼いたねえ」

野原はカルテに書き込みながら、小さくボヤく。自分の病気のこと、治療のことを何でもかんでも知りたがり、納得できなければ決して受け入れない。医者として、鹿野ほど厄介《やっかい》な患者もいなかった。

「俺の自立生活を後押ししてくれたのも先生ですよね」

野原との付き合いはもう十年以上になる。自立生活を始める前からの付き合いだ。野原は、今でこそ、医者嫌い、病院嫌いの鹿野が信用する数少ない医者のひとりだが、十年の歴史の中には数えきれないほどの衝突や行き違いがあった。

二人の関係が大きく変わったのは、鹿野が病院を逃げ出した後のことだ。十分な説明がないままに、利尿剤を深夜に投与され、へそを曲げて、病院を逃げ出した鹿野は、その後、野原に手紙を書いた。迷惑をかけたことを詫びつつ、病院で同じ病気の友人たちが次々と亡くなるのを見てきたこと、理解のない看護師や医者に物扱いされたことを切々と訴えた。自分の医者嫌い、病院嫌いの理由を初めて打ち明けたのだ。「私たちはモルモットではない」という鹿野の心の叫びを、野原は「申し訳なかった」と受け止めた。

以来、野原はどんなことでも鹿野の意志を尊重するようにしている。

自立生活の後押しをしたのもそうだ。医師として、無茶だと思いつつも、鹿野のまっすぐさに、いつしか一緒になって無茶を通す方法を探していた。

しかし、鹿野の病気が進行する中、このまま鹿野の「わがまま」に耳を傾け続けるのが、医師として正しいのか、鹿野と顔を合わせる度に、野原の気持ちは揺れ続けている。

「根負けしたのさ。あの判断は間違いだった」

野原がため息交じりに言う。そして、鹿野の方に向き直り、真剣な表情で告げた。

「このままだと命の保証はできない」

「医者の言う命ってなんですか？」

鹿野は表情一つ変えずに言い返した。

「俺は小学六年の時に二十歳まで生きられないって言われて、でも、今日まで生きてきたんです。命の責任は自分で持ちます」

野原は深々とため息をついた。

一日でも長く延命することを考えれば、無理やりにでも入院させるべきだ。しかし、それは鹿野の考える「命」とは違うのだろう。

医者として、人として、野原の気持ちは揺れる。

本当に厄介な患者だ。

鹿野は口をへの字に曲げ、一歩も譲らないとばかりに、まっすぐ野原を見つめていた。

「アイライクアポーズ、グレープス、アンド、ペアーズ、アイライクアポー」

ラジカセから流れる英会話教材のお手本を聞きながら、鹿野が繰り返しぶつぶつと発音の練習をしている。

その後ろでは貴子がせっせとベッドのシーツを替え、整えていた。

「貴子さん、テープ裏返して」

「はい、ちょっと待ってね」

貴子の作業がまだかかりそうなのを見て、美咲はさっと近づいて、テープを裏返した。

「美咲ちゃん、来てたんだ」

驚く鹿野に、美咲は笑顔で応える。

美咲はまたボランティアに通うようになっていた。今度は誰に頼まれたからでもなく、自分からだ。

ジンギスカンを食べた日、いろいろなことが一度に分かった気がした。けれど、その後も、別に鹿野が聖人のように思えるとか、何を言われても優しい気持ちで受け入れられるとかそういうことはなかった。やっぱり偉そうだと思うことはあるし、正直、面倒だなと思うこともある。

ただ、鹿野が自分と同じ「フツーの人」だと思えたことで、無駄に反発を感じたり、腹を立てたりすることはなくなった。

「やってんじゃん、ちゃんと」

美咲がにやっと笑うと、鹿野は得意げに微笑み返した。

「そりゃ、アメリカ行きたいからさあ。何か新しい自分に出会えるような気がすんだよねえ」

鹿野はきらきらした目で、目の前の棚に飾られた写真立てを見る。中には鹿野とエド・ヤングが肩を並べ、笑顔で親指を立てる写真が飾られていた。

アメリカに行って、エド・ヤングと再会するという夢に向かって邁進《まいしん》する鹿野の前向きさが、美咲はちょっとうらやましかった。病気のこともあって、きっと医者からも何度も無理だと言われたはずだ。しかし、彼は少しもめげていない。止められるほど、逆にガッツがわいてくるようだった。

自分もこれぐらいガッツがあれば、違ったのかな。美咲はぼんやりと鹿野を見つめる。

「あ、美咲ちゃんは夢とかある？」

突然、鹿野に問われ、美咲は自分の心の内を見抜かれたようでハッとする。

「……夢かあ……とりあえずは美味しいご飯を作りたいかな」

笑って誤魔化すと、鹿野は間髪いれず「じゃ、カレーがいいな」と言った。

「バーモント中辛で。あ、ついでに、トイレットペーパーと洗濯洗剤もなくなりそうだから。あと、みよしのの餃子」

「まさか、それ買ってこいって言ってる？」

「だって、自分で行けないし。誰かに頼むしかないっしょ」

しれっとした口調に、美咲は笑ってしまう。強いな、と思った。

「鹿野さんってホント自由だよねえ」

「だって、ここ自分ちだよ。自分ちで遠慮する人いる？　それじゃ、病院や施設で暮らすのと変わらんべさ」

何度かボランティアに通う中で、鹿野は美咲に子供時代の話をした。

八雲病院という筋ジス病棟を持つ療養施設で、鹿野は親元を離れ、同じ病気を持つ子供たちと暮らしていたのだという。

そこでの生活は規則に縛られたものだった。夕食は夕方四時なのに、買い食いなども許されない。だから、夜になると、いつでも鹿野は腹を空かせていた。

我慢できない時、鹿野は床板の下に隠していたインスタントラーメンを食べて、しのいだ。親が面会の時に持ってきてくれたものだ。職員に見つかると没収されるので、そうやって隠していたのだ。しかし、夜中に職員の目を盗んでお湯を調達できるわけもない。どうしても、食べたい鹿野は、水を入れてふやかして食べることさえあった。

隣のベッドの沢田《さわだ》君が「死ぬ前に、一度でいいから出前を取ってみたい」というので、母の光枝《みつえ》にお金をもらい、ラジオの裏蓋に隠していたそのお金で、こっそり出前のそばを取ったこともあった。

その時のそばの感動的なまでのおいしさを、鹿野は美咲に興奮気味に語った。

自分が食べたいものを、自分が食べたい時に食べるということが、鹿野にとってはずっと特別なことだったのだ。

子供時代の話をする鹿野の中に、今もお腹を空かせた子供がいることを、美咲はぼんやりと感じる。きっと、鹿野は今、子供の頃、実現できなかった「フツーの生活」を送るという夢を叶えているのだろう。そう思ったら、夜中にバナナを買いに走らされたことも、なんとなく自分の中で、消化できた。

「りょうかーい」

美咲はテープの再生ボタンを押して、キッチンに戻る。頭の中で、カレーを仕込んでから、買い物に行く算段をしていると、明るい声とともに、鹿野の母親・光枝が入ってきた。片手に何段も重ねたお重を包んだ風呂敷を下げ、もう片方の手にもずしりと重たげな袋を下げている。

「こんにちは。いつもバカ息子がお世話になってます」

光枝はにこやかにボランティア一人一人に頭を下げる。ボランティアたちがわっと光枝を取り囲む中、鹿野は隣の部屋に残ったまま、光枝の姿から目を逸らすようにして、口をへの字にしていた。

光枝は風呂敷をほどき、中のものをテーブルの上に広げていく。大量のいなり寿司と煮物、そして、三富屋のくりやまコロッケ。光枝が披露するたびに、ボランティアは手を叩き歓声を上げた。

「いらねえよ、迷惑なんだよ」

ようやく光枝の方を向いた鹿野がひねた子供のような声を光枝にぶつける。光枝は「アンタのじゃないよ」とものすごい剣幕で言い返した。

「ボランティアの皆さんに食べていただくの」

「いいから帰れよ、糞ババア」

「確かにババアだけどね、糞はつけなくても」

光枝は芝居がかった様子で大げさに言うと、ボランティアたちに向かって、「ねえ」と同意を求める。貴子が大きく頷いた。

「そうですよ。失礼ですよね」

「あら、新しいボランティアさんかい？」

美咲に気づいた光枝がにっこりとほほ笑む。美咲は「あ、はい」と頷いた。

「おいおい、気やすく口きくんじゃねえぞ、この糞ばばあ！　美咲ちゃん、このばあさんにとっととお引き取り願って」

「鹿野さん……そんな言い方」

咎めようとした美咲を、光枝がさっと手で制した。

「いや、いいの。私も最近はズンズン図々しくなって、ボランティアの人にまかせっきりだけども。靖明のいいなりになんかなってたら、そらあ、とんでもないことになるよ。ボランティア、ボランティアって、してもらえるのが当然だと思ったら、それは大まちがいだ。そんなふうに、障害者の名のもとに、アグラかくようなことになったら困る。それで、ときどき私が来ては、靖明の首根っこをギュッと押さえるわけだ」

光枝は愉快そうに言って、美咲を見て微笑む。力強い、大きな笑顔だった。美咲は一瞬で光枝のことが好きになる。

「おうおう、言いたいこと言いやがって。もういいから帰ってくれ！」

「靖明、それとこれ。少ないんだけど」

光枝は顔を背ける鹿野のひざ掛けの下に無理やり封筒を押し込む。

「あんた、障害年金と介護料と生活保護だけじゃ、ボランティアのみなさんに交通費だってロクに払えやしないじゃないの。そんなことじゃあ、口でどんなに立派なこといったってダメ」

「くぅ〜、痛ぇとこ突きやがって」

鹿野は悔しそうに唸った。

「もうわかったから、ありがとうよ！　貴子さん、俺の財布にこれしまっといて」

貴子が鹿野の膝から封筒を取り、光枝に頭を下げながら、鹿野の財布にしまう。光枝は目をくるりと回して、ひょいっと肩をすくめた。

「もう、ホント、現金なんだから。じゃあ、貴子さん、今後ともお願いしますね」

光枝が頭を下げた途端、鹿野が厭味《いやみ》ったらしい口調で「はい、お客様お帰りでーす」と大声を上げる。

「わかったよ、バカ息子」

またくるりと背を向けた息子に向かって、光枝は鹿野とよく似たへの字口で、負けず劣らず厭味ったらしく言う。

「二度と来んじゃねーぞ」

鹿野のダメ押しの言葉に、光枝は思いっきりあっかんべーを返し、さっさと玄関へと向かった。

「え、ほんとに帰っちゃうんですか？」

美咲は咄嗟《とっさ》に買い物を先に済ませることを決め、慌てて買い物用の鹿野の財布を手に取り、後を追う。

玄関を出たところで追いつくと、光枝はさっきまでの剣幕が嘘のような穏やかな笑顔を向けた。

「突然のことで驚いたでしょ。でも、いつもの親子ゲンカだから、気にしないでね」

「鹿野さんも素直じゃないですね。憎まれ口ばっかり。照れてんのか恥ずかしいのか知らないけど」

「ううん、そうじゃないの。あなたには、まだわからないかもしれないけど……。あれは、あの子なりの私に対するやさしさなの」

「……え」

美咲は驚いて光枝を見る。光枝はふと宙を見上げた。

「あんな子をもつ親はね、みんなついつい頑張りすぎちゃうの。私も頑張りすぎて、これまでだって、過労で何度も倒れたの。それで、あの子、ある日を境に、もうおかあちゃんはこの家に来なくていい。おかあちゃんは自分の人生を生きろ、ぼくはボランティアと生きていくってすごい剣幕で」

ボランティアとして通いながら、正直、鹿野の親は何をしているのだろうとぼんやりと思ったことはあった。身内なら、世話をするのが当たり前だという、思い込みがどこかにあった。でも、確かに、光枝には光枝の人生がある。

「母親は、つい息子のために何でもやってしまうでしょ。でも、それじゃあ、かえってあの子のためにならないの。そのことを、あの子から教えられたの」

鹿野が自分でできることも、母親は息子のためだと先回りして、どんどんやってしまう。それでは、施設や病院と同じなのだ。自分で決めて、自分で生きる力を、無意識のうちにうばってしまう。

体力的には大変であっても、母親として自分で鹿野の世話をしたいという気持ちもあるだろう。でも、光枝は鹿野の決断を受け入れ、離れて見守る道を選んだ。

美咲は光枝の力強く、大きな笑顔の理由が分かったような気がした。

「あの子が自分の力で生きようとしている以上、手を出したくても何もしないのが、今の私にできることなの。あとは、せいぜい、ボランティアの皆さんに、いなり寿司を作ってくるぐらい。……昔は、靖明もあのいなり寿司が大好きで、大喜びで食べてくれたのにねえ」

光枝はぽつりと言う。その声が一瞬淋しそうに響いたが、すぐに光枝は「あんなに美味しいもの、意地張って食べないなんて、馬鹿だねえ」と笑い飛ばした。

「お父さん」

少し先に止まった車に向かって、光枝が軽く手を上げる。

車の中には大柄な男性――清《きよし》が背中を丸めるようにして座っていた。

美咲が慌てて清に、頭を下げる。清も丁寧に一礼した。

「母さん、靖明は変わりなかったかい？」

「靖明はいつもどおり。お父さんも一緒に顔出せばいいのに」

清はふっと笑った。頑固そうな顔が、途端に柔らかい印象になる。

「おまえと靖明の親子ゲンカはもう見飽きたからな。ああ見えても靖明は、やさしい子でね。どうかよろしく頼みます」

清は美咲に向かって、改めて深々と頭を下げた。


「障害者の自立生活を考える」シンポジウムの日がやってきた。

田中は美咲、高村、貴子、塚田とともに、会場の隅から壇上に上がる鹿野を見守っていた。

鹿野は朝からナーバスになっていたことなど、嘘のように堂々とふるまっている。

会場は自ら障害を抱える人たちとその家族、そして、そうした問題に関心を持つ人たちでいっぱいだった。聴覚障害者の横には手話通訳者が付き、パネラーたちの話を伝えている。

田中はこの問題についての、世の中の関心の高まりを肌で感じていた。ひと昔前であれば、「無理だ」と一蹴されていた障害者の自立生活が、真剣に考えるべき議題として世の中に受け入れられはじめている。その盛り上がりには、鹿野が自立生活を実践し、メディアで大きく取り上げられてきたことも、影響しているはずだと、田中は自分のことのように誇らしく思った。

聴衆たちの最前列には、友人とともに熱心に話を聞く城之内の姿もあった。城之内は最近、様々な理由をつけてはボランティアを断っている。思わず、こういう場所には来るのかと苦い気持ちになったが、ゆっくりと息を吐いてその気持ちを押し殺す。どうも、自分とは対照的に、要領よく立ち回る城之内に、苦手意識があった。

自ら障害を抱えるパネラーたちは、それぞれの経験から、障害者が社会で自立して生きることの意味を自らの言葉で伝える。

聴衆たちは皆熱心に耳を傾け、質疑応答の時間には次々と質問が飛んだ。

中には、「障害者の自立生活は、健常者にとっても意味があるのか」という、少しひねくれた質問もあった。

しかし、これまでに何度も浴びせられた質問なのだろう。車椅子の男性パネラーはすらすらと答えだした。

「駅にあるエレベーターっていうのは、障害者たちによる長年にわたる運動によって設置されました。今やそれは、高齢者やベビーカーを押す人にとってもなくてはならないものになっています」

「そう、障害者が生きやすい社会を作ることで、誰もが生きやすい社会を作れないかってことの提案なんです」

補足するように車椅子の女性が付け加える。

客席からはあたたかな拍手が起こった。

「他に質問のある方」

司会者の女性が尋ねる。小さな手がすっと上がった。「はい」と澄んだ声を上げたのは、車椅子の少年だった。

「皆さんには……夢がありますか」

少年が緊張気味に口にした問いに、答えたのは鹿野だった。

「僕にはありますよ。とりあえず英検二級に合格して、アメリカに行くことです。僕に勇気を与えてくれたエディにも会いたいし、アメリカの自立生活センターも見たいんでね」

「……そんなことができるんですか」

驚く少年に、鹿野は自信満々で頷いた。

「だって、家族や病院に頼らない自立生活なんて絶対無理だって言われたけど、やれてるしね。強い気持ちがあれば、必ず夢はかなうよ」

少年は鹿野をまっすぐに見てほほ笑んだ。鹿野は少年を見たまま、真顔で続けた。

「最終的には『徹子の部屋』に出たいと思っています」

鹿野のどこまで本気かわからないとぼけた口調に、会場からどっと笑い声が起こる。

少年もすっかりリラックスした笑顔で、質問を重ねた。

「どうして自立生活を始めようと思ったんですか？」

「車椅子で映画館とかディスコまで行っちゃう桑島《くわしま》君ってスゲー友達が出来て、そいつがとにかくモテて羨ましかったんだよね。それで僕も外に出ようって思ったんだよ」

「……モテたかっただけですか？」

司会者の女性が口を挟む。鹿野は目を彼女の方に向け、「はい」とそれが何かと言わんばかりの口調で答える。会場からまた笑い声が起こった。鹿野も笑い出し、鹿野にマイクを向けていたスタッフも肩を揺らして笑う。

「でも、最初はさ、ボラ集めとか、介助の指導とか大変だったんだよね」

男性パネラーの言葉に、鹿野は軽く頷く。そして、先ほどの少年に語り掛けるように言った。

「結局、誰かの助けを借りないとできないことだらけだからさ。思い切って人の助けを借りる勇気も必要なんだよね」

まっすぐな目で鹿野を見上げていた少年が、大きく頷く。「ありがとうございました」という少年の澄んだ声を聞きながら、田中は人の助けを借りる勇気か、と思っていた。それは自分にないものだった。何もできないくせに、プライドばかり高くて、何でもかんでも自分の中に抱え込んでしまう。

人の中にちょっと強引なぐらいに踏み込んでくる鹿野と出会って、この人といれば、自分もその「勇気」を持てるかもしれないと思ったりもした。でも、今も変わらず、自分はそんな勇気も持てず、大事な人に対してほど、少し距離を置いてしまう。心の真ん中を傷つけられないように、安全な距離を。

田中は手を叩きながら、ちらりと隣に座る美咲を見る。

視線を感じ、屈託のない笑顔を向ける美咲に、田中は出会った女性たちから口をそろえて「優しそう」と評されてきた完璧な微笑みで応えた。


久しぶりのデートの日は、晴天だった。

美咲は早起きをして、弁当を作った。三種類のロールサンドイッチに、だし巻き卵やポテトサラダ、アスパラのベーコン巻きなど、彩りも考えて詰め込んだ力作だ。

この日、美咲は田中に本当のことを告げる決心をしていた。教育大生だというのが嘘だと告げる決心が、ようやくついたのだ。

合コンから始まっただけに、どこかでずっと、こんな夢みたいな関係はすぐに終わると思っていた。だから、嘘のことも、正直、たいして気にしていなかった。でも、関係は思いがけず長く続き、美咲は出会ったころと比べ物にならないくらい、彼のことを好きになっていた。

ずっと一緒にいたい。そう思いだしてから、にわかに嘘のことが大きな問題になった。一緒にいるかぎり、いつかきっとバレてしまう。だから、美咲は決心したのだ。豪華な弁当を用意したのも、美味しいもので、少しでも、田中の気持ちを和らげられたらという思いからだった。

美咲は田中と昼時に待ち合わせ、旭山記念公園に向かった。

ちょうどいい高さの石垣に座り、さっそく弁当を開く。見た目にも華やかな弁当に、田中は感激しきりだった。

「……これ全部、美咲ちゃんが作ったの？」

「うん、味は保証できないけどね」

「感動だねえ」

おしぼりを手渡すと、田中はすっと背筋を伸ばして受け取り、丁寧に手を拭いた。ちょっとした所作が綺麗で、この人は本当にお坊ちゃん育ちなんだなあと美咲は改めて思う。

田中はひょいと卵焼きをつまみ、口に放り込む。そして、「ヤバ」と呟いた。

「え、ダメだった？」

美咲が慌てて尋ねると、田中は笑いながら「いやいや」と首を振る。

「うますぎて、やばいよ、これ！」

「よっしゃー！」

美咲は嬉しさに足をじたばたさせる。早起きして作ったかいがあった。

「そうだ、今度の日曜空いてる？」

別のおかずをつまみながら、不意に田中が尋ねる。

「え、何?」

「ほら、うちに遊びに来る話」

「あ……うん、いや……行っていいならおじゃまする」

美咲は水筒からお茶を注ぎ、田中の前に置くと、はにかむように答えた。田中は「やったー」と笑顔を向ける。

「お袋がどうしてもその日がいいって言うからさ。将来設計とかも聞かれると思うんだ」

「……将来設計?」

田中の言葉に、それまでの軽くはしゃいだ気持ちが、さーっと冷たくなっていく。しかし、田中はそんな美咲の変化に少しも気づくことなく、珍しく前のめりな口調で続けた。

「たとえば、どういう学校でなんの教師をしたいかとか、結婚しても教師を続けるのか、とか。子供は何人欲しいかとか」

「あの……本当は私ね……」

今、言わなくてはと重い口を開こうとした美咲を、田中が笑顔で遮る。

「いや、わかってるよ。俺たち結婚の話なんかしてないし」

「いや、そうじゃなくて」

早口に言って、すうっと息を吸い込む。そして、美咲は少しでも、軽く、大したことでなく聞こえるように、無理やり笑顔を浮かべながら言った。

「そうじゃなくて私……嘘ついてたの」

「……嘘？」

二個目の卵焼きを口にした田中が、怪訝そうな顔を向ける。美咲は視線を逸らしながら、ずっと口にできなかったことを、口にした。

「教育大生じゃないんだよね」

美咲の言葉に、田中がぴたっと動きを止める。美咲は急いで「ごめん」と謝った。田中はまだ固まったままだ。美咲は「あ、でも」とまた慌てて付け加えた。

「先生になりたかったっていうのは、本当だし。……小学校の時に、すごいなんでも話せる先生がいて」

その先生に憧れて、先生になりたかった。嘘はついたけれど、夢だというのは嘘じゃなかった。嘘は嘘でしかなくて、何の意味もないと思われるかもしれないけれど、美咲にとって大事な夢だったことは何とかわかってほしくて、必死に言葉を伝える。

しかし、田中はまるで罪人を裁くような顔で美咲を見ていた。

「医学生と合コンしたくて、嘘ついたの？」

「……確かに、興味がなかったわけじゃないけど、でも、田中君と一緒にいるのは、田中君のこと好きだって思ってるからだし、合コンの時も、仕事できない店員がいて、みんなイライラしてたけど、でも、田中君は陰で助けてあげてたじゃん」

それを見て、美咲は田中を好きになったのだ。決して、医学生だからじゃない。本当のことなのに、美咲の耳にもその言葉は言い訳がましく聞こえた。

「ウチの親はどうすんだよ。俺が嘘ついたことになるんだよ？」

イライラと立ち上がった田中が、強い口調で責めるように言う。美咲はその言葉に、一瞬、自分のついた嘘のことも忘れるくらいがっかりした。まず、気になるのは、そこなのかと思った。親にどう思われるのかが、先に立つのか、と。

本当に優しすぎるくらい、優しい人だと思う。すべての人にいい顔をしたい、優しい、優しい人。

でも、こんな事態に彼を追い込んだのは自分の嘘だ。美咲は震える声で、提案をする。

「……それは私が謝るよ。それじゃ、ダメ？」

田中は落ち着きなく、まだフォークを持ったままの手を動かし、深々とため息をついた。

「……いや、ごめん。言い出しづらかったんだよね。わかるよ。ここは大きな気持ちで、許すべきなんだと思う。けど、なんで今まで言ってくれなかったんだって、ももやするし、こういう話が出なかったら、ずっとだまし続けるつもりだったのって、なんか……怒りたくもなるよね」

うろうろと歩き回りながら、感情の高ぶった声で、田中は言葉をぶつける。いつもよりも舌っ足らずに聞こえるその口調に、怒り慣れていない人なんだなあと、美咲は妙に他人事みたいに思った。

「怒るの？　許すの？　どっちなの？」

もうさっさとダメならダメだと言ってほしい。逆切れだと自分でわかりながらも、声が尖るのを止められなかった。

「いや、嘘ついたのは美咲ちゃんだよね？」

呆れたように、逆切れを指摘される。その軽蔑するような表情に、やっぱりダメかとすっと冷えた気持ちで思った。

どこかで、奇跡を期待していた。そんな嘘なんて気にしない。美咲が何者でも構わない。自分は美咲自身が好きなのだから、と、そんな風に言ってくれることを自分に都合よく夢見ていた。

でも、そんなわけはなかった。自分はただの嘘つきで、将来の夢もないフリーターで、そんな自分が医者を目指す大病院の御曹司と一緒に将来を考えることなんてできるわけもなかった。自分だって、適当な毎日を送っている自分に嫌気がさしているというのに、こんな自分を本当に好きになってくれるはずがない。

「……わかった。じゃあ、来週の日曜なしね」

美咲は泣きそうになるのをぐっと堪えて、田中に告げる。美咲が黙々と広げたお弁当を片付けていくのを、田中は棒立ちのままで戸惑ったように見つめていた。

すべてバッグにしまい終えた美咲が、速足で歩きだす。しかし、田中は引き留めることもなく、追いかけることもなく、ひどく混乱した顔で、ただじっと立ち尽くしていた。


嘘を打ち明けたその日から、田中からの連絡はぴたりと途絶えた。美咲からも連絡はしなかった。連絡できるはずもなかった。嘘をついたうえ、勝手に逆切れして帰ってきてしまったのだ。田中の怒った顔を思い出すだけで、しゃがみ込みたくなるぐらい悲しくなる。

それでも、美咲は何事もなかったように明るくふるまっていた。バイト仲間やボランティアの人たちは気づかなかったけれど、鹿野だけが元気がないことをずばりと言い当てた。

何があったのかとしつこく聞かれ、美咲は相手が田中であることだけ伏せ、彼氏と喧嘩したのだと打ち明ける。

「えーっ、美咲ちゃん、彼氏いたの?」

鹿野は相手が田中だとも気づいていないようだ。これ以上黙っているのもだますようで、打ち明けようとした美咲の言葉を、鹿野が慌てて遮った。

「やっぱりいいや。聞いたらデート誘いづらくなるし、聞かなかったことにしよう」

「でも、もうダメかも」

美咲はコーヒーを飲みながら、ぽつりと言った。

「嘘ついた自分が悪いんだけどさ」

「嘘？」

「教育大生っていうのは嘘」

美咲は自嘲するように笑う。

「高三で初めて進路考えて、で、先生になりたいなって思ったんだけど、落ちちゃって、結局、フリーター……なんか、カッコ悪いね」

鹿野にも嘘をついていたというのに、彼は怒るどころか、おかしそうに声を上げて笑った。

「そうなんだ。でも、好きになってもらうための嘘だろ？　口だけが武器の俺なんて嘘ぐらいいくらでもついてるよ。それでも、後ろめたいんだったら、嘘を本当にしちゃえばいいい」

「嘘を本当に？」

「大学を受けなおして、先生になっちゃえよ」

鹿野は軽い口調で、そそのかすように言う。鹿野の言葉を聞いた途端、閉め切っていた部屋にさっと風が吹き込んだような感覚があった。

「この年で英検二級に挑戦してる俺に比べたら、楽勝楽勝」

「なんか立場が逆だね。私が励まされちゃってる」

美咲が笑うと、鹿野はやれやれという顔をした。

「だから立場は対等だって。同じ人間だもの。力になれたら俺もうれしいさ。それにこれチャンスだろ?」

「ん?」

「美咲ちゃんが彼氏と別れたら、俺の出番だ」

その鹿野の言葉は美咲の落ち込んだ気持ちを、心地よくくすぐってくれた。美咲は片肘をついて、じいっと鹿野の顔を見つめる。

「ねえ、鹿野さんはどんな嘘をついてきたの?」

「大げさに痛がってみせたり、淋しそうにしたり、俺もボラの気を引くのに必死な訳よ」

「……お母さんに甘えたくないっていうのも、嘘でしょう?」

これまでになく親密な空気の中で思い切って尋ねると、鹿野は余裕たっぷりな笑みを消し、重く黙り込んだ。美咲はそっと言葉を重ねる。

「私は甘えたかったよ。お母さん働いてたからさ」

「わかってないな」

　鹿野はゆっくりと口を開き、静かに言った。

「俺たち障害者はね、親の愛情なしには生きてけない。そんなこと、言うまでもない。とくにかあちゃんは、俺なんかが生まれたために、ずっと面倒かけっぱなしで、ほとんど自分の人生を犠牲にして俺を育ててくれた」

「でも……母親ってそういうものじゃない？　障害とか関係なく。そりゃ、より大変だろうけど……」

　鹿野は首を振った。

「いや、それだけじゃないんだ。母親の愛情ってのはね、ありがたい反面、俺ら障害者をがんじがらめにする。母親に嫌われたくない。俺らはそう思って、つい母親に従ってしまう。母親の嫌がることは、しないようにする。そうやって自分を見失ってしまうんだ。そして、養護学校の先生にだって、施設の職員にだって、医者や看護師にだって、俺らはつい気兼ねして、おとなしくてかわいがられる障害者になることだけをめざしてしまう。そうやって、俺らは、自分の本当の欲求や、夢や、自分の人生を自分で生きるという気力さえも失くしてしまうんだ」

ただ、母親に意地を張っているわけではない。鹿野は戦っているのだった。母親の愛という、無条件に抗いがたいものに、必死で抗っている。

「だから、障害のある俺たちが自立するための第一歩はね、まず母親の愛情を拒絶することから始まるんだ。そりゃ、最初はつらかったさ。俺はかあちゃんに会うたびに、今でも……いい齢して、恥ずかしいことだけど、甘えたくてしょうがない。親の愛って、ホント、ありがたい。でも、それに浸ってしまったら、俺ら障害者は、いつまでたっても、自分の力で生きられるようにはならない。だから、かあちゃんがあれこれ口をはさんでくるたびに、俺は断固拒否する。それが俺のプライド」

鹿野が虚勢を張ることなく打ち明けてくれた心の内に、美咲は静かに打たれていた。

鹿野の態度にそんな理由があるなんて考えもしなかった。鹿野といると、多分、一生気づかなかったであろうことに、次々と気づかされる。それは、悪い気分ではなかった。

「遅くなりました」

玄関から聞こえる田中の声に、美咲はぱっと反応する。もともと自分の後に、田中が入る予定であることは分かっていた。

「ほんとに遅いよ、田中くん。無遅刻無欠勤だけが君の取り柄だろ」

田中を責める鹿野の言葉を聞きながら、美咲は自分が使ったコーヒーカップを洗い、急いで帰る支度をする。自分の背中を見つめる田中の視線に気づいたけれど、振り返らなかった。

「お疲れさまでした」

そのまま言葉を交わすことも、目を合わせることもなく、逃げるように玄関に向かう。

とんとんと靴に足を押し込みながら、外に出て、ふと、「嘘を本当にしちゃえばいい」

という鹿野の言葉を思い出す。

それもいいかもしれないと思った。

少なくとも、嘘を後悔するだけの毎日よりはずっといい。

しっかりと靴を履き、美咲は勢いよく歩き出した。


美咲から嘘を打ち明けられた日から、田中は彼女に避けられているのを感じていた。ボランティアで顔を合わせても、さっと距離を置かれてしまう。

最初は、嘘をついたのは美咲の方なのにと、その反応にただ腹を立てていた。しかし、時が経つにつれて、田中は自分の態度を冷静に振り返るようになっていた。嘘はよくないことだ。でも、考えてみれば、合コンの時に自分をよく見せるちょっとした嘘をつくことなんて、よくあることだ。自分だって、全くないかと聞かれたら、ないとは言い切れない。

多分、嘘を告げられ、あれだけかっと頭に血が上ったのは、それだけ美咲を大切に思っていたからだ。本気で将来のことも考えていた。だから、嘘のせいで台無しになったと腹が立った。もともとなんでも念入りに計画しなければ安心できないタイプだ。計画変更や想定外の出来事に瞬時に対応できるような器用な質《たち》でもない。だから、うろたえてしまった。そう、田中は美咲に腹を立てるというより、予期せぬ事態に腹を立てていたのだった。

そこまで気づけば、もう怒りは田中の中に残っていなかった。ただ、美咲が恋しかった。彼女と過ごす何気ない時間が恋しかった。

しかし、美咲とまともに話すこともできないまま、年は暮れ、新たな年、一九九五年を迎えることになった。

正月に鹿野とボランティアたちで初詣でに行くことになり、田中は久しぶりに美咲と顔を合わせた。

車椅子の鹿野のことを考え、混雑を避け、小さな神社に向かう。狙い通り、その神社の参拝者はさほど多くなく、落ち着いた雰囲気だった。

少し前に降った雪が残る境内の中を、白い息を吐きながら、鹿野を中心に進む。拝殿の前で、鹿野たちは並んで手を合わせた。田中は列の右端で手を合わせる。ぱっと横を見ると、列の一番左端で、熱心に手を合わせる美咲の姿が見えた。

「何お願いしたの」

貴子ががくんと下を向いていた鹿野の顔の向きを直しながら尋ねる。

「秘密。そりゃ言えないっしょ」

「けちー」

貴子はにやにやと笑う。高村が「美咲ちゃんは？」と尋ねた。田中はその答えに耳をそばだてる。

「教育大学合格」

田中は思わず、美咲の顔を凝視する。美咲は照れたように笑って、手にしていた毛糸の帽子を目深にかぶった。

「来年度の合格目指して、受験勉強始めました」

「すごいじゃん、いいねえ」

鹿野がにやあっと笑いながら、すかさず言う。美咲が教育大生だと聞いていた貴子たちは、えっと驚く。しかし、美咲が申し訳なさそうに嘘を告白すると、声を合わせて笑い、口々に温かい応援の言葉をかけた。

田中も何か言葉をかけたかった。しかし、かける言葉は探しても探しても見つからない。

田中は黙ったまま、歩き出した皆の後を追いかけた。

少し前を歩く美咲の輝くような笑顔が見える。田中は目が離せなかった。

正月であっても、鹿野にとってボランティアが必要なことは変わらない。初詣の日も、田中は泊まりのシフトに入ることになっていた。

美咲が午後までのシフトに入っていることを確認し、田中は急いで家に帰り、自分の部屋の本棚を確認する。思った通り、そこには自分が大学受験で使った参考書が並んでいた。田中は教育大学の受験にも役立ちそうなものを選び取り、次々と紙袋に入れていく。

「出かけるの？　美咲さんとデート？」

紙袋を下げ、鹿野のところに向かおうとしたところ、玄関で母親の佐和子《さわこ》に呼び止められた。

「……違うよ」

田中は言葉少なに答えながら、急いで靴を履く。

母親には美咲が遊びに来られなくなったことだけを伝えていた。しばらく忙しくて、来られそうにない、と。美咲の嘘のことも、それを知ったことを機に距離ができてしまったことも、伝えていなかった。

なんのことはない、田中も母親に嘘をついたのだった。

「あら、お帰りなさい」

「ただいま」

顔を上げると、久しぶりに見る父親・猛《たけし》の姿があった。仕立てのいいスーツとコートを身に着けた父親は、相変わらずひどく威圧的に見える。小さなころから、そんな父が苦手だった。口答えひとつしたことがない。反抗期さえなかった。二十歳を超えた今も、父を前に無意識に緊張で体に力が入った。

「どこに行くんだ、久。また、ボランティアか？」

猛は非難めいた口ぶりで尋ねる。

「そういうことをダメとは言わんが、お前にとって一番大事なことは、うちの病院を継ぐために、勉強することだ」

今まで、何千回、何万回と言われてきたことだった。思えば、小さい頃から将来の夢なんて改めて考えたこともなかった。生まれたときから、もう用意されていたのだ。

「……わかってるよ。行ってきます」

田中は顔を伏せたまま、言いたいことをぐっと飲みこんで告げる。

父親の鋭い視線から逃げるようにして、田中は慌てて外に出る。しばらく歩いて、ようやく楽に息ができるようになった。

田中はそのまままっすぐに鹿野の家を目指した。自然と足が速くなる。

早く、美咲にこの参考書を渡したかった。そして、受験を応援すると伝えたい。

ようやく見つけた、関係修復のきっかけを、しっかりとつかみたかった。

ダメになりそうな関係をどうにかしたいと思うことも、実際に行動することも、生まれて初めてだった。恋愛関係も友人関係も、ダメになったら、しょうがないと諦めてきた。諦めることだけは、得意だった。

でも、美咲のことは、諦めたくないと思った。美咲を失いそうになってから、自分の中にそれだけの強い気持ちがあることに、田中は気づいたのだった。

勢い込んで、田中は鹿野の家のドアを開ける。

ぱっと目に飛び込んできた光景に、田中は思わず固まった。

「うそー、嬉しい！　大切に使うね」

美咲が鹿野に笑顔で礼を言っていた。その手には赤いリボンをかけた参考書がある。

「これ全部覚えたら、東大も受かるんじゃない？」

「えーっ」

鹿野の言葉に美咲が笑いだす。横にいた高村も声を合わせて笑った。

田中はじっと美咲の持つ参考書を見つめる。

先を越されたと思った。美咲に感謝され、美咲を笑顔にした鹿野に、鋭い嫉妬を覚え、田中はぎゅっと唇を噛む。

「あ、今日、泊まり、田中君か」

田中の存在に気づいた鹿野が声をかける。田中は咄嗟に紙袋を後ろ手に隠した。本当は自分だって応援しているのだと、参考書を渡したかった。その思いを知ってほしかった。自分も同じことを考えていたのだとただ渡せばいいはずだった。

でも、できなかった。美咲からの感謝はもう鹿野のものだ。そこに後から強引に割って入るなんてカッコ悪い真似はできなかった。無駄なプライドだと言うことは、自分でもよく分かっていた。

でも、田中は動けない。結局、自分の気持ちの強さなんて、この程度なのだと苦く思う。

自分には鹿野のように強引に割って入ってでも思いを貫こうという強さがない。

「やったー、朝までオセロできるな」

「寝かせてやれよ」

歓声を上げる鹿野を、高村が笑いながらたしなめる。

田中も曖昧に笑いながら、そっと美咲の顔を盗み見る。美咲は大きな目で、じっと田中を見詰めていた。

美咲は揚げたての唐揚げを、テーブルに置いた。テーブルの上には、いかにもパーティらしいご馳走が並んでいる。

この日は、貴子の誕生日祝いだった。鹿野の部屋には、美咲の他に、高村や塚田の姿もあり、せっせとパーティの準備をしている。

田中の姿はなかった。医学部の勉強の方が大変らしい。最近も何度か鹿野の部屋で一緒になることはあったが、ひどく疲れた顔をしているのが、ずっと気になっていた。医学部の勉強だけでも大変だろうに、ボランティアが見つからないと鹿野に頼まれる度にシフトを増やしていることは、壁に貼られたシフト表からもうかがえた。ちゃんと休めてる？　顔を合わせるたびに、そう言葉をかけたい衝動にかられたけれど、結局何も言えなかった。

鹿野は名前にちなんでか、鹿の被り物をかぶり、主役の貴子よりも主役のような顔ではしゃいでいた。塚田も鹿野に言われ、花の被り物をかぶり、照れたように笑っている。その様子を、高村が微笑みながら、写真に収めていた。

そんな時、一本の電話がかかってきた。城之内からだった。

塚田が受話器を鹿野の耳に当てる。話し始めてすぐ、鹿野はさっと表情をこわばらせた。

「電話一本でやめるって何だよそれは！　ずっと続けるって言ったじゃないか！」

鹿野の激しい口調に、美咲はジュースのペットボトルを開けようとした手を止めて、鹿野を見る。鹿野は怒りで顔を真っ赤にしていた。

「本当に困ってる人を助けたかったんですけど。鹿野さんは人生を謳歌してるっていうか、自由だし、幸せそうじゃないですか」

受話器から漏れ聞こえる城之内の声は、鹿野とは対照的に、ひどく冷静で、淡々としていた。

「何言ってんだよ。俺が人生楽しんじゃいけないのかよ。そんなわかったような口きくな！　あのな！　もしもし……もしもし！……切りやがったよ」

切れた電話を塚田が鹿野の耳から外す。鹿野は荒々しい息を鼻から吐き出すと、車椅子の台に乗っていたアルミのコップを勢い良く手で薙ぎ払った。ぎこちない動きでも、軽いコップは景気よく吹き飛び、カラカラと音を立てて転がった。

「おっ、今日は、飛びましたね」

反動で、上半身のバランスを崩した鹿野を支えながら、塚田がからかうように言う。まだ口をへの字にしながらも、荒い息を吐きながら、転がるコップを見る鹿野は、どこか満足げだった。

「あれで、少しは鹿野も気が晴れるんだって」

貴子が小声で美咲に言う。美咲はなるほどと肩をすくめ、小さく頷いた。

体が動かないということは、こういう大変さもあるのだな、と思う。激しい感情が膨れ上がった時、人は無意識のうちに体を揺すったり、歩き回ったりしてその気持ちを外に出す。でも、鹿野はそれができない。だから、こうやって、割れないコップを飛ばすことで、少しでも怒りを発散させているのだった。

アルミのコップの派手だけれど、妙に軽い音には、なんとも言えないしみじみとした、哀しみとおかしみがあり、はやし立てる高村と塚田の絶妙な合いの手も相まって、美咲は思わず笑ってしまった。

最初にこの部屋に入った時は、貴子たちがなんで笑ってばかりいるのかよくわからなかった。でも、今なら少しわかる。

鹿野のイライラを受けて、じっと耐え忍ぶのではなく、一緒に楽しんで発散してしまおうという、鹿ボラのちょっと乱暴で、でも温かいやり方を、美咲は好きだと思った。

「三月には学生ボラの半分が卒業しちゃうぞ」

ボランティアたちの情報をまとめたノートを確認しながら、高村が鹿野の顔を覗き込む。

鹿ボラには社会人のボランティアも少なくなかったが、その多くはやはり学生たちだ。卒業するタイミングでボランティアを辞めることがほとんどで、三月以降もいかに安定的にボランティアを確保するかに、ずっと鹿野は頭を悩ませていた。

学生ボラの半分が抜けるという事実を改めて突き付けられ、鹿野はまた顔を歪める。

「もう、全員留年すればいいいんだよ！」

高村に「どうする？」と問われた鹿野は苦虫を嚙み潰したような顔で、呪うように言った。

「新しいボラ探さなきゃね！」

美咲はなるべく明るい、さばさばした口調で言う。塚田もうんうんと頷いた。

「北大にビラ配り行きますか」

「そうだね！　塚田君！」

鹿野は口をへの字にしたまま、大声で言う。

いつ北大に行くか、ビラはどうするか。すぐにも話し合いを始めそうな美咲たちに、貴子が「あのさあ」と背後から声をかけた。

「私の誕生日祝いはどこいっちゃったわけ？」

「……あ」

振り返ると、ケーキの帽子をかぶり、バースデーケーキを手にした今日の主役が、わざとらしく大げさに頰を膨らませていた。

「筋ジス患者の在宅介助ボランティアを募集しています」

「ご協力お願いします！　おいしい食事がついてまーす！」

塚田たちが声を張り上げながら、行きかう学生たちに、ビラを手渡していく。

鹿野たちはビラ配りのため、北海道大学を訪れていた。人通りの多い食堂の前に陣取り、とにかく片っ端から学生たちに声をかけていく。しかし、学生たちはビラこそ受け取ってくれるものの、なかなか足を止めてはくれなかった。

車椅子に乗った鹿野も自ら声を張り上げる。車椅子には、少しでも目立つよう「ボランティア募集」という手書きのポップが貼り付けてある。彼は無視されても、めげる様子もなく、すぐさま次のターゲットを見つけ、突進するように声をかけていく。美咲もその様子を横目で見ながら、必死にビラを手渡し続けた。

どんな人がボランティアに興味を示してくれるかは、外見からはまったく判断できなかった。真面目で優しそうな人が足早に立ち去ることもあれば、今時風の、いかにも遊んでいそうな男子学生が足を止めてくれることもあった。

しかし、実際に協力を取り付けるというところまではなかなかいかない。

とにかく数をあたるしかない。鹿野たちは交代で休み休み、ビラを配り続けた。

気づけば指先が冷たくなっていた。屋内とはいえ、広々とした構内はひどく寒かった。

「はいどうぞ」

美咲は少し下がって休んでいる鹿野の膝に、ブランケットをかけた。鹿野は驚いたように、美咲を見て、「ありがとう」と顔をほころばせる。

「ちょっと冷えてきたからさ」

「気持ちの芯まで温まるねえ」

大げさに感謝されて、美咲はなんだか少し照れて笑った。

「ねえ、最初、これ鹿野さん一人でやってたんでしょ？」

「その頃は今より全然動けたからさあ」

鹿野は何でもないことのように言うけれど、半日ビラを配り続けた美咲にはそれがどんなに大変なことかよくわかった。体がどれだけ動くかだけの問題じゃない。鹿野はシンポジウムで人に頼る勇気も必要だと言った。一人で声を上げ、断られても、素通りされても、助けを求め続けるのは、どれだけ勇気が必要だったことだろう。

「ふーん……えらいねえ、鹿野さん」

鹿野の顔を見ながらしみじみと言う。鹿野は「今更かい？」と偉そうな口調で言った。出会った頃は反発を覚えたその口調が、近頃はなんだか妙にかわいいとさえ思える。近くで見てきて、鹿野がどんなに必死で虚勢を張っているかも、どんなに弱いところがたくさんあるかも知ったからかもしれない。

「……必死だよ」

不意に真剣な口調で鹿野が言った。

「いつだって」

鹿野はまっすぐに美咲を見つめていた。からめとられるような感覚に陥り、美咲は慌てて、「あ」と背後の食堂に視線を向け、話題を変える。

「ここのピリカラーメン、美味しいみたいだよ」

「お、食べたい、食べたい」

ラーメン好きな鹿野はすぐに食いついてきた。

「お昼、ここで食べる？」

美咲はメニューの写真が並んだ入口のショーケースを覗き込む。その時、鹿野が大声を上げた。

「あれ、田中君！」

美咲はゆっくりと振り返る。食堂に続く二階の渡り廊下を、白衣姿の田中が歩いているところだった。

「田中君、偶然だね」

鹿野の言葉に、田中は「北大生ですから」ともごもごと答える。田中の言う通り、北大でビラ配りをする以上、田中に会う可能性はもともと高いのだった。美咲はビラ配りが決まった時から、ずっとそのことを意識していた。

しばらくぶりに会う田中はまた少しやせたようだった。

「今、美咲ちゃんに、ランチデートに誘われちゃってさあ」

鹿野が自慢げに言う。田中は曖昧に笑って応えた。美咲はじっと田中の顔を見つめるが、田中は一切、美咲の方を見ようとしない。

「田中君も一緒に行く？」

美咲が思い切って声をかける。

「……いいや、俺は」

一瞬だけ、ちらりと美咲を見ると、田中は鹿野に頭を下げ、歩き出す。明らかに食堂に向かって歩いてきていたのに、美咲たちを避けるためか、どんどん食堂から遠ざかっていく。

ほんの数秒の会話。それは数か月ぶりの田中との会話だった。

「田中君」と声をかけるだけでも、どれだけ勇気が必要だったかしれない。

なのにあんな風に逃げるようにするなんて。

美咲は遠ざかる田中の背中を見詰めながら、ひょっとこのようにぐいっと口を曲げた。

Ⅲ

背後の部屋では、鹿野が英会話のテープを聞きながら、英検の勉強をしている。

美咲はそれをなんとなしに聞きながら、自分の受験勉強をしていた。来年度に受験の予定だから、まだ時間はあるとはいえ、勉強を再開してみると、思った以上に知識がすっぽ抜けていて、気持ちばかりが焦る。

何とか解いた過去問も、答え合わせをしてみると、丸よりも圧倒的にチェックマークばかりをつけることになり、美咲は頭を抱えた。

英語の長文を読んでいても、知らない単語ばかりだ。

美咲はため息をつき、ペンをぽんと放る。そして、ゆっくりと立ち上がり、熱心に英語の発音を繰り返す鹿野に、小さな声で尋ねた。

「鹿野さん、辞書借りていい？」

「いいよ」

許可をもらい、棚の高いところにある辞書に手を伸ばす。辞書を取ると、その奥に一本のビデオテープがあるのが見えた。何となしに手に取る。それはＡＶだった。

美咲は不意に昨日のバイト先での会話を思い出した。

開店前の掃除中、美咲は加奈と由美に、鹿野の話ばかりをしていると指摘されたのだった。

「医学生から車椅子の障害者に乗り換えたの？」

そう加奈に問われて、美咲は「いや、そういうわけじゃないけど」と曖昧に答えていた。

「田中君とはなんか自然消滅みたいな感じだし……」

由美は自分に友達を紹介するまで別れちゃだめだと、ちゃっかりしたことを言って、「優しくてお金持ちで高学歴、理想の彼氏よ」と田中の長所を並べた。

確かに田中は条件だけ見れば、高スペックだ。しかし、美咲はむしろ、そういう条件的な部分よりも、そういう人もうらやむ長所を兼ね備えながら、どこか自信がなさそうで、自分のことを後回しにしてしまう、そんな不器用なところが気になっていた。

本当にいつも自信満々で、自分を前面に押し出してくる鹿野とは真逆だ。

そんなタイプの違う二人の内、一緒に居て圧倒的に楽なのは、鹿野の方なのだった。

「でも、なんかしっくりこないっていうか。鹿野さんといる方が自分らしくいられる気がしてさあ」

「頼りにされるのが気持ちいいだけなんじゃないの？　大体さ、車椅子で旅行とか食事とか行けるの？」

「そもそもエッチはどうやるわけ？」

「でもさあ、筋肉の病気でアソコとか大きくなるわけ？」

自分でもまだよくわからない感情を正直に吐露した美咲に、加奈と由美があけすけな言葉を放つ。

「だから、そういうんじゃないってば」

美咲は思わず強い口調で言い返していた。加奈たちが男性を話題にするとき、性的なことを口にするのはいつものことだ。しかし、鹿野について、そんな風に話題にされることに強い拒否感があった。

そんな風に、鹿野のことを考えたくなかったのかもしれない。

あの時の自分の気持ちを思い返し、美咲は考える。

でも、実際に鹿野にも、そうした欲求は確かにあるのだ。

美咲はそのＡＶのジャケットをやけにしみじみと見つめた。

鹿野さんもこういうのを見るんだと思った。別に、いやらしいとは感じなかった。そりゃ、そうかと思っただけだ。

「美咲ちゃん、テープ替えて……」

声をかけた鹿野は、美咲の手の中のものに気づき、「あ」と言葉を切った。

「見つかっちゃった？」

バツの悪そうな顔で、鹿野が笑う。美咲もちょっと笑って頷いた。

「ボランティアが置いてくんだよねえ！」

まったくという口調で鹿野が言う。エロ本を買ってきてもらったときと一緒の手口だ。

バレバレの嘘をつく鹿野を、美咲は大きな目でじっと見つめる。

鹿野はその目に、笑いを引っ込め、怪訝そうに「何？」と尋ねた。

「鹿野さんてさ、これ見て何するの？」

「えーっ、言わせるか、それ」

ぱちぱちと落ち着きなく瞬きする鹿野に、美咲はぐっと踏み込んで尋ねる。

「つまり、そこは筋ジスとは関係ないってこと？」

「今日は攻めるねえ、美咲ちゃん」

たじたじとしながらも、鹿野は早口で一息に答えた。

「ジョン君はね、海綿体で機能するから、筋肉の病気とは無関係なんだよ」

「……そうなんだ」

「美咲ちゃん！」

不意に高村から声を掛けられ、美咲は咄嗟に、ＡＶを後ろ手に隠す。帰り支度をした高村は、申し訳なさそうに言った。

「三谷《みたに》君、もう少し遅れそうなんだって。悪いけど三谷君来るまでもう少しいてもらっていいかな」

「わかりました」

そして、これから仕事だという高村は、鹿野と軽く言葉を交わし、慌ただしく出て行った。

高村が帰ったことを音で確認し、美咲は鹿野に向かって、隠したAVを掲げて見せる。

二人は共犯めいた笑みを交わした。

妙に密度のある沈黙が訪れる。

「ごめん、変なこと聞いた」

美咲は誤魔化すように笑って、慌ててAVをもとの場所に戻した。

「あのさ、なんでそんなこと聞いたの?」

「なんで?」

美咲は質問をオウム返しする。鹿野の疑問はもっともだ。しかし、なんでなのか美咲自身もよくわかっていなかった。ほんと、なんでそんなこと聞いたんだろう。美咲は軽く混乱していた。

「……あ、テープね、テープ替えよう」

ラジカセが目に入り、さっき鹿野が言いかけたことを思い出した美咲は、強引に話題を変える。そして、ベッドの上の小さなテーブルに左手をつき、右手をラジカセに伸ばした。

そろりと鹿野の右手が動く。美咲は鹿野の手が自分の左手を覆うのを感じた。決して強い力で抑えられているわけではない。しかし、美咲はピンでとめられたように、その手を動かせずにいた。

美咲は鹿野の顔を見る。ラジカセに手を伸ばしたことで、気づけば、鹿野に身を寄せるような形になっていた。思ったよりも至近距離で鹿野と見つめあう。

鹿野は緊張していた。自信満々の表情が削げ落ちた必死な顔からも、こわばった手の平からもそれが伝わってきた。

「……普通の男なら、ここは抱き寄せたりするんだろうなあ」

鹿野は静かに言った。いつもは自信たっぷりな男の、諦観のにじむ淋し気な言葉は、美咲の胸をついた。

鹿野がぎこちなく手を動かし、美咲の左手を解放しようとする。美咲は咄嗟にその手をぎゅっと握った。右手も重ね、そっと包み込む。

鹿野がはっとした顔で美咲を見つめる。美咲も見つめ返した。

鹿野が美咲に向かってゆっくりと倒れ掛かってくる。そのまま倒れたら、ベッドから転げ落ちてしまう角度だった。しかし、自分の腕で抱き寄せることもできない鹿野にとって、これしか自分から美咲に触れる方法はないのだった。

美咲は黙って鹿野を抱きとめる。

気づけば、部屋は薄暗くなっていた。外では、少し先も見えないくらい激しい雨が降りしきっている。

雨音がしきりに耳につく。今、この手を放せない。不意に突きあげてきたその思いがすべてだった。しかし、雨音が激しさを増すにつれ、美咲の心は戸惑いと混乱で複雑に乱れていく。

抱きしめたいのか、逃げ出したいのか、それさえも分からない。

「雨、急にすごくて濡れちゃいました」

不意に玄関から、三谷の呑気そうな声が聞こえる。美咲はぱっと鹿野の身体から手を放し、慌てて距離を取った。

「じゃあ、私帰ります」

慌てて荷物をまとめた美咲は鹿野の方を見ることもなく、かすかに震える声で告げる。そして、そのまま、逃げるように玄関に向かった。

すれ違った三谷が怪訝そうな顔で美咲を見送る。

そして、斜めに傾いた状態の鹿野に気づき、三谷はさっと上体をまっすぐに起こし、首の角度を直す。

鹿野は何も言わず、小鳥が逃げ去った後の空っぽの鳥かごを見るような、なんともいえない虚ろなまなざしで、美咲が消えた部屋の出口をじっと見つめていた。


田中は鹿野の足を抱え、ゆっくりと曲げ、ゆっくりと伸ばす。

美咲がボランティアに入った日から数日後、田中はストレッチの介助をしていた。

最初は鹿野から痛いだの、下手くそだの、叱られるばかりだった田中だが、最近ではようやく信頼して身を任してもらえるようになった。

田中が丁寧に足の曲げ伸ばしを続ける間、鹿野はじっと天井を見つめている。いつになく黙り込んでいた鹿野が、不意にぽつりと言った。

「……もう、美咲ちゃん、来ないかもしれないなあ」

「……え？」

突然、美咲の名前が出たことに、田中はどきりとする。

美咲とはまだきちんと話すこともできないでいた。参考書を渡せなかった日から、何度か、美咲から近づいてくれたように感じた時もあったけれど、田中はもう差し出されたきっかけをつかむ勇気さえ失っていた。

「何かあったんですか？」

「誰も来なきゃ、ベッドイン寸前だったんだけどなあ」

田中の手が思わず止まる。

これまでとはくらべものにならないほどの嫉妬が、激しく胸を貫いた。ベッドインとはどういうことか。田中は詳しく聞くこともできなかった。ただ、ランチを一緒にどうかと言われ、素っ気なく断った時のことばかりが繰り返し思い出された。

ストレッチに集中しようにも、集中できない。田中は久しぶりに、鹿野に叱られた。

鹿野の部屋を出て、自分の家に帰りながらも、考えるのは美咲と、鹿野のことばかりだった。

どこかで、田中は鹿野を侮っていたのだった。

ずっと美咲を気に入っていたことは知っていたけれど、美咲が相手にするわけはないと傲慢にも思い込んでいた。だから、ラブレターを代筆したり、デートをセッティングしたりということもできたのだった。鹿野を喜ばせたいと言う気持ちも嘘ではない。しかし、同時に、そうした傲慢な思い込みがあったからこそ、あまり深く思い悩むことなく、できたことでもあった。

自分は、鹿野が障害者だから、侮っていたのだろうか。絶対に違うと言いきれないことに、田中は苦いものを覚える。

ボランティアを始めた時から、差別だと誤解されるようなことも絶対にするまいと、自分に言い聞かせていた。

その気持ちがあまりに前に出てしまっていたのか、「ボランティアをさせていただいている」という変にへりくだった態度になっていると、他のボラから指摘されたこともあった。

しかし、自分をあまり信用していない田中は、そうしたルールで自分を縛らずにはいられなかった。

その点、美咲はまったく違っていた。最初こそ思い込みからぶつかったものの、田中のように構えることなく、ごく自然に鹿野と接していた。「世話してやる」という上から目線でもなく、「世話をさせてもらう」というへりくだった態度でもなく、ごく自然に。

美咲は、田中よりもずっと後にボランティアを始めたにもかかわらず、たちまちすっと鹿野の心をつかんだ。女性として気に入っているということとは別に、すっと人間として打ち解けあったことを、田中は感じ取っていた。そして、そんな関係を築いた美咲に対しても、田中はずっと密かに嫉妬していたのだった。

部屋のベッドにどさりと腰を下ろし、ぼんやりと宙を見つめる。

次にまたボランティアに入ることを思うと、ひどく気が重かった。

もどかしいほどにゆっくりと進む時計の針を、鹿野は瞬きもせずじっと見つめる。

もうすぐ、美咲のシフトの時間だった。

「ベッドイン寸前」の後、初めてのシフトだ。

予定の時間直前になって、電話が鳴った時、鹿野には予感があった。

だから、電話を取った貴子から「美咲ちゃん、急にこれなくなったって」と聞かされても、鹿野はあまり驚かなかった。

「そっか……しかたないさ」

自立生活を始めてから、鹿野はしょっちゅうボランティアの女性に恋しては、しょっちゅう振られてきた。告白して、気まずくなって来なくなってしまった人もいれば、頼み込んで、ボランティアを続けてもらい、すっかり友達に落ち着いた人もいる。いろいろだ。

失恋には慣れっこのはずだった。自分の前から誰かが去っていく心の痛みも、強がって友達の顔で笑う心の痛みも知っている。しかし、美咲ともう二度と会えないかもしれないと予感した心の痛みは、初めて経験するものだった。

美咲がバナナをオセロ盤に叩きつけた時の衝撃を、鹿野は今も忘れられないでいる。あの時、美咲は戦う目をしていた。その目を見た瞬間、強烈に思ったのだ。彼女と一緒に人生を戦いたい、と。

以来、美咲と顔を合わせる度に、その思いは深く、ゆるぎないものになっていった。何気ない会話を交わす度に、この子だと思った。美咲の言葉はすとんとまっすぐに鹿野の心に入ってくる。鹿野の言葉もまた、美咲の心にしっかりと届いているという手ごたえがあった。だから、美咲が大学受験を決めた時は本当に嬉しかった。やっぱり自分の言葉は美咲に届いているのだと思えた。それと同時に、やっぱり彼女は戦う人なのだと思った。そんな美咲の応援ができることが、何よりの喜びだった。自分が英検の勉強をする横で、美咲が大学受験の勉強をしている。その光景だけで、普段の何倍も頑張ることができた。

しかし、そんな姿ももう見ることができないのかもしれない。

その事実を鹿野はなんとか飲み込もうとする。

いつもであれば、つらくても「しかたない。次だ、次だ」と飲み込めるものが、うまく飲み込めない。

美咲を失うと思うだけで、魂を引きちぎられるような気持ちになった。

しかし、鹿野は迷うような顔の貴子に向かって、静かにほほ笑んで見せる。

「ああ、迎え行っといで」

貴子の背中を、鹿野は押す。貴子はこの後、保育園に子供を迎えに行くことになっていた。

「でも、鹿野一人にするわけにいかないでしょ」

「大丈夫だよ。近いんだし。ひまりちゃん、待ってんだろ」

次のボランティアが来るのは、何時間も後だ。貴子は少し迷って、頷いた。

「じゃあ、急いでこっちに連れてきちゃう」

貴子はよしっと小さくガッツポーズを作って、鹿野に頷きかけると、バタバタと走りだす。

すぐにその足音も聞こえなくなった。

一人残された部屋は妙に静かだった。

自立生活を始めてから、二十四時間常に誰かが側にいる生活を送ってきた鹿野にとって、完全に一人になるのは久しぶりのことだった。

さらさらとかすかに聞こえていた砂の音が止まった。

見れば、手にしていた砂時計の砂が完全に下に落ち切っている。

鹿野はゆっくりと時間をかけ、なんとか砂時計をひっくり返した。また砂がかすかな音を立てて、ゆっくりと下へ滑り落ちていく。

その次の瞬間、鹿野は激しくせき込み始めた。喉が詰まるような、苦しい咳だった。

鹿野はベッドの上のテーブルに置かれたアルミのコップに手を伸ばす。なんとか指先は届いたものの、持ち上げる力がない。ストローが刺さってはいるが、自分の口までははるかな距離がある。

しかし、この息苦しさは、一口でも水を飲まなければ収まりそうもなかった。

鹿野は必死の形相で、顔をストローへと近づけていく。

少し上体を前に倒すところまでは良かった。しかし、そこで体は鹿野のコントロールを離れ、勝手にどんどんと傾き始める。

そして、鹿野はアルミのコップや砂時計を載せたテーブルごと、派手にベッドの下へと転がり落ちた。

横倒しに倒れたまま、体を起こすことも、体の向きを変えることさえもできず、鹿野は痛みに顔を歪め、うめき声をあげる。

変えようのない視界の先に、片方の底が割れた砂時計が転がっていた。鹿野は為す術もなく、砂がこぼれていくのをじっと見つめる。

学校が終わったのか、外から楽し気な子供たちの声が聞こえてくる。

貴子はもう子供を連れ、こっちに向かっている頃だろうか。

砂時計の砂が落ちきると、もう時間の経過をぼんやりとでも測ることもできなくなった。

永遠とも思える時間が経った頃、ようやく、よく知る貴子の声が聞こえてきた。

「鹿野！」

床に倒れた鹿野を認めた途端、貴子は叫んだ。慌てて駆け寄り、かがみこんだ貴子に、鹿野は弱々しい照れ笑いを向ける。

「……貴子さん、落ちちゃった」

「鹿野！　鹿野！」

貴子の緊迫した声を聞きながら、鹿野はゆっくりと意識を手放す。

貴子はすぐさま救急車を手配した。何かあった時は、すぐに西区病院の野原先生に診てもらえることになっている。

緊迫した表情を浮かべる母親の横で、状況もわからない貴子の娘ひまりは、ただきょとんとした顔で、ぐったりと横たわる鹿野を見詰めていた。


鹿野が倒れたという一報を、美咲は家にかかってきた電話で受けた。

貴子から簡単に事情を説明される前から、美咲は自分のせいだと思った。

鹿野と顔を合わせるのが気まずくて、少なくとも波立っている自分の気持ちが落ち着くまでは距離を取りたくて、衝動的に休みの連絡を入れた。

あれほど鹿野がボランティアを集め、シフトを埋めるのに苦労しているのを近くで見ていたというのに、自分が突然休むことで、どんな問題が起こるか深く考えることもしなかった。他の人の穴を埋めたことだってあると、自分に言い訳して。

美咲はすぐに西区病院に駆けつけた。

息を切らせながら、病室のカーテンを開けた美咲は、迎えようとした貴子さえ払いのけるようにして、一直線に鹿野のもとに向かった。

鹿野の病室には、貴子の他に、田中や高村、塚田の姿もあった。鹿野は酸素吸入管を鼻にいれ、静かに目を閉じている。

皆、重くうな垂れながら、病床の鹿野を見つめていた。

「ごめんね……私のせいだね」

美咲は息を切らせながら、かがみこむようにして、必死に鹿野の青白い顔に語り掛ける。

心から鹿野を思うその姿に、田中は複雑そうな表情で、そっと視線を落とした。

美咲がじっと見つめる先で、うっすらと鹿野が目を開く。ようやく意識を取り戻したのだ。

「……美咲ちゃん」

鹿野は消え入りそうな声で言った。

「俺……もうダメかも」

美咲ははっと息を飲む。

「最後に、お願いがあるんだ」

「うん、何でも言って」

美咲は涙を堪え、鹿野の薄い肩を摩りながら、頷く。鹿野は小さな声で「おっぱい」と言った。美咲は深刻な顔で頷き、一瞬遅れて「ん?」と思う。鹿野はたっぷり間を取って、「触らせて」と続けた。

鹿野が意識を取り戻した安堵と、こんな状況さえ利用しようという逞しさに、たまらず、貴子が笑いだす。一瞬にして、病室の空気が変わった。

あっけに取られる美咲の前で、鹿野が、突然にやあっと笑った。顔色こそ青白いものの、完全にいつものふてぶてしい笑みだった。

「いや〜、生まれて初めてだよ、入院していいことあったの。美咲ちゃんが戻ってきてくれたもんなあ」

「ちょっと、待ってよもう!」

美咲はどんっとこぶしをベッドに叩きつけた。

「私、本気で心配したのにさあ」

もう立っていられず、美咲はしゃがみ込んだ。心配と怒りと混乱と、そして安堵で、気持ちがぐちゃぐちゃだった。よくわからない涙がどんどんあふれてきて、美咲は手で顔を覆う。

「もう冗談じゃない。もう、やだあ」

「心配するだけ無駄ね」

ぐずぐずと泣く美咲の横で、心からほっとしたように貴子が笑った。高村も大きく頷きながら笑う。

「三年前も図太く生き延びたもんなあ」

「そうそう、心不全で全身に水が溜まって」

「今夜中に尿が出なければ死ぬって言われて、朝まで出なくて、で、葬式の相談まではじめたら、突然シャワーみたいにものすごい勢いでしょんべん出して」

「鹿野さんの不死身伝説ですよねえ」

塚田が自分のことのように得意げに言う。

ボランティアが懐かしそうに、どこか自慢げに語る自分の話を、鹿野はひどく嬉しそうに聞いていた。

「塚田君、眼鏡ちょうだい」

さっきまで意識を失っていたというのに、鹿野はもういつものように自分の意志をはっきりと打ち出している。眼鏡をかけながら、鹿野は美咲に「退院したらカラオケ行こうよ」と言った。

「もう行かない！」

美咲は赤い目できっと鹿野をにらみつけて言う。

「えー、行こうよ」

「やだもう、やだもう」

美咲はまた泣きながら、突っ伏した。

鹿野が途方に暮れたように「怒っちゃった」と呟く。貴子たちからはまた笑い声が起こった。田中ひとりがぎゅっと唇をかみ、じっと黙り込んでいる。

その時、病室のドアが開き、野原医師が入ってきた。

「先生、もう大丈夫だから。うちに帰りたいんだけど」

鹿野は野原を見るなり、はっきりと言った。

「悪いけど、退院はできないよ」

これまでとは違う、譲る余地の感じられない宣告だった。

「なんで？」

「二酸化炭素の数値が高すぎる。呼吸筋が相当弱ってる。今でも十分呼吸が苦しいんじゃないの？　そろそろ人工呼吸器をつけるべきよ」

「人工呼吸器……気管切開をするってことですか？」

重い沈黙を破って、おそるおそる田中が尋ねる。野原は小さく頷いた。

「呼吸器をつけると、どうなるんですか？」

不安そうな貴子の質問に、野原はきびきびと答える。

「心臓の負担が減って呼吸が楽になります。大きな機械に繋がれることになるから、体の自由は制限されるけどね」

「鎖につながれた犬かよ」

鹿野は吐き捨てるように言った。

「声帯もふさがれてしまうんですよね？　それってしゃべれなくなるってことですか？」

また田中が野原に尋ねる。美咲はそれを胸がつぶれるような気持ちで聞いていた。

鹿野は口だけが武器だと言っていた。人工呼吸器を選んだら、その唯一の武器さえ奪われてしまうことになる。

「その覚悟も必要です」

野原は医者らしい冷静さで答えた。

「人工呼吸器は、つけません」

鹿野は野原に告げた。こちらもまた譲る気配の少しもない宣言だった。

美咲は迷うように、鹿野と野原を見つめる。

鹿ボラの一員としては、鹿野の思うように生きてほしいと思う。でも、一方で、呼吸が楽になるのならその方がいいのではないかという気持ちもあった。何より、今日のような思いを味わいたくなかった。

何か、いい方法はないのだろうか。美咲は思わずすがるような目で田中を見つめる。田中はぱっと目を逸らした。

鹿野が倒れた日の翌朝、田中は田中記念病院の院長室を訪れていた。父親と話をするためだ。

話を聞いてほしいと告げた息子に、猛は十分だけならと簡潔に告げた。猛は田中にソファを勧めることもなく、ジャケットを丁寧にハンガーにかけ、身支度を始める。

田中は立ったまま、緊張した面持ちで、鹿野について話し始めた。気管切開して取り付ける人工呼吸器を医師に勧められていること、しかし、本人はそれを拒否していることを告げ、田中は思い切って自分の考えを告げた。

「患者が望む治療法を選択するという考え方もあるんじゃないですか」

白衣をはおりながら、猛がちらりと田中を見る。しかし、すぐに背を向けてしまった。

田中はその大きな背中に向かって、必死に語り掛ける。

「この病院では、NPPVがやれるんですよね？　その治療法だと気管切開せずに、鼻マスクをつけるだけで、呼吸を助ける効果があるんですよね」

大学でNPPVという人工呼吸療法を知った時、これだと思った。気管切開をしないで済むので、痰《たん》の吸引など、気管切開した時に必要な介護の負担が大幅に軽減されるだけでなく、手術の必要もないので、患者の抵抗感もぐっと減る。何より、声を失わずに済むという点でも、鹿野にぴったりだと感じた。

しかし、NPPVというのはまだ普及しつつある療法であり、どの病院でも受けられるというものではない。田中は田中記念病院でNPPVの治療が可能だと知り、この病院で鹿野の治療ができないかと思ったのだった。

しかし、一通り話を聞いた猛は、にべもなく、「うちでは預かれんな」と答えた。

「……どうしてですか？」

「患者のことを一番よくわかっているのは、主治医だ。私が余計なことをすれば、野原先生のやり方を否定することになる」

父親の言うことはよくわかる。これまでであれば、自分も父親と同じことを何の疑問もなく思っていただろう。でも、今は患者のことを考えているようで、それは医者のメンツを大事にしているだけじゃないのかと思えてならなかった。

「野原先生には、俺から誠心誠意説明します」

「わからないのか久？　医者はいろんな場合を想定して答えを出す。いちいち患者のわがままに応えることが正しい医療なのか？」

「あの人のわがままは命がけなんです！」

正しいかどうかなんてわからない。でも、鹿野が命をかけて貫こうとしているわがままを、ただの患者のわがままだと否定したり、無視したりすることは田中にはできなかった。

「鹿野さんには言葉が唯一の生きるための武器なんです。自由を奪わないで上げてください。お願いします」

田中は猛に向かって、大きく頭を下げた。心臓がバクバクしている。こんな風にはっきりと自分の考えを父親に伝えたのは、生まれて初めてだった。

猛に許された十分間、田中は必死に頭を下げ、鹿野の転院を懇願したが、猛はその態度を変えなかった。しかし、田中はあきらめなかった。家でも病院でも、多忙な猛の時間が少しでも空くようなことがあれば、鹿野の話をした。ただがむしゃらに頭を下げただけではない。理屈で動く猛の性格を考え、田中はさらにＮＰＰＶの資料を集め、いかに鹿野に必要な治療法かというレポートまで作成した。さらには、鹿野にとっての言葉の重要性を猛に理解してもらうために、鹿野の日常をビデオにとって見せることまでした。

矢継ぎ早に指示を飛ばし、冗談を飛ばし続ける鹿野の姿を実際に目にしたことで、猛は初めて考えるような態度を見せた。そして、改めて、田中に対して、鹿野の症状を尋ねはじめた。どんな質問にも田中は淀みなく答える。気づけば、萎縮することなく、猛の目を見て話をしていた。

　数日後、とうとう、猛は本人の意志と野原の承諾があれば、と転院を認めてくれた。そして、しばらくじっと田中を見詰めた後、ぼそっと呟いたのだった。

「……驚いたな……ちょっと見直したよ」

　その言葉に、田中はくっと奥歯を嚙み締める。思わず泣きそうになっていた。北大に受かった時さえ誉めてもくれなかった父が、そんな風に自分を認めるような言葉をくれるとは思ってもみなかったのだ。

　なんとか父親の了解を取り付け、田中はすぐに鹿野の転院に向け、動き出した。

　何より大事なのは鹿野の意志だ。NPPVについて丁寧に説明すると、切開しなくていいならと、鹿野はすぐに乗り気になった。最近、呼吸がうまくできず、安静にしていても、酸素が薄い山に登ってでもいるかのように息苦しい状態が続いていた。

　呼吸を何とかしたいというのは、誰よりも鹿野自身が思っていることだった。

　そして、鹿野の意志を確認した田中は、父親との約束通り、野原のもとに赴き、誠心誠意頭を下げた。

　幸い、野原はNPPVを試したいという、田中の思いに理解を示してくれた。何より、鹿野の患者としての意志の強さを知る野原は、鹿野がそう希望するならと、すぐに転院の手続きを取ってくれた。

「ありがとう、な、田中君」

田中記念病院の病室へと車椅子を押す田中に、鹿野が礼を言う。田中は難しい顔で首を振った。

「いえ、まだ、これからですから」

NPPVには多くのメリットがあり、それらは間違いなく鹿野が求めている方向性と合致している。しかし、治療は実際行ってみないとわからない面もある。NPPVで十分な段階を、鹿野が超えていて、気管切開が必要な可能性だってある。

田中は怖かった。自分で考えて、行動するというのは、こんなに怖いことなのかと思う。人に言われて動く時に比べ、何倍ものしかかってくるものがあった。

しかし、同時に、ここまで、生き生きとした感覚を覚えるのも初めてのことだった。

「大丈夫、だったのか？　お父さん、と、うまく、いってないって……悩んでたじゃないか」

鹿野が苦し気な息をしながら尋ねる。しばらく前から、少し長く話しただけで、息切れするようになっていた。

ボランティアに通うようになってから、もう鹿野とはかなりの時間を一緒に過ごしている。田中は打ち明け話をするようなタイプではないというのに、全部を丸ごとさらけ出してくる鹿野と一緒にいるうちに、気づけば、父親との確執についても打ち明けていた。

自分が大変な時に、そんなことを思い出して、気にかけてくれたことに、じんとした。正直、鹿野を本気で心配する美咲の姿が、こんな場合ではないとは思いながらも、気になってしかたがなかった。口下手な自分とは違い、言葉という武器をつかって、ぐいぐいと美咲の心をつかむ鹿野に、嫉妬もした。自分のようにごちゃごちゃと余計なことを考えずに、その言葉をまっすぐに受け止め、心のままに鹿野に向かっていける美咲の姿にも、どうしようもなく嫉妬した。

しかし、考えてみれば、田中自身もまた、鹿野の言葉に心をつかまれ、大きく価値観を揺さぶられ、励まされてきた一人でもあるのだった。

「いや、はい。でも……初めて自分の意見が通りました」

「……そうか」

鹿野は呟くと、不意ににやっと笑った。

「じゃあ、俺のおかげだな」

本当に、この人には敵《かな》わない。田中はふっと笑うと、「はい」と素直に頷いた。

鹿野が鼻マスクを装着する時が来た。

鹿野が神妙な顔で、マスクを待ち受ける姿を、田中ははらはらと見守る。

「鹿野さん、つけますねー。失礼します」

看護師が透明なプラスチックでできた三角形のマスクを、鹿野の鼻と口にかぶせる。それを二本のベルトでしっかりと頭に固定すると、猛に向かって、「先生、できました」と報告した。

「では、始めよう」

看護師が鼻マスクとつながった機械のスイッチを入れると、大きな唸り声のような音とともに、酸素が送り込まれはじめた。

鹿野は次々に送り込まれる酸素の中で、ぷはぷはと溺れるようにしている。

苦しい、外して、と鹿野は苦し気に訴える。その様子をじっと見ていた猛が外してあげてと指示をすると、すぐさま看護師はマスクを外した。

鹿野は浅い息を繰り返しながら、必死に猛に訴える。

「……先生、これ、苦しい、です」

田中はこの方法は失敗だったかと早くも不安でいっぱいになるが、猛は冷淡だと感じるほどに冷静だった。

「機械から送られてくる酸素のペースに慣れるまで、少し時間がかかります。まあ、個人差もありますので、少しずつやっていきましょう。ねえ、鹿野さん」

そして、また否応なく、鼻マスクがつけられる。鹿野はやっぱり苦しそうにしている。しかし、田中にも、猛にさえも、助けられることはほとんどない。ゆっくりと慣れていくしかないのだった。

それから、鹿野は辛抱強く鼻マスクを装着し続けた。最初のように酸素で溺れるようなことこそなくなっていったものの、なかなか思うようには呼吸できず、慣れないマスクへのストレスもあり、鹿野はどこかピリピリとしていた。

そんな状況でも、鹿野は英語教材を開き、英語のテープを聞いた。目指してきた、英検二級の試験が週末に迫っていた。

病室に飾られたカレンダーには、「英検二級試験、絶対合格！」と書かれている。鹿野がどれだけその試験に向かって努力してきたかを知る美咲たちボランティアは、病室に通い、その最後の追い込みをサポートした。

しかし、試験まであと数日という時になって、高村は少し口ごもりながら告げた。

「駄目だった、週末の外出はまだ早いって」

美咲は思わず、はっと鹿野の顔を見る。鼻マスクをしていても鹿野の顔色が変わったのがわかった。

英検のための外出許可は下りなかった。高村は猛に向かって、この英検が鹿野にとってどれだけ重要なものかを訴えたが、猛の答えは変わらなかった。

高村は田中からも説得してほしいと言ったのだが、田中の反応は鈍かった。

田中にも鹿野の英検試験を応援したいという気持ちはもちろんある。しかし、今は鼻マスクの導入を始めた時期であり、その治療に専念するべきだと考えていた。英検も大事だが、それ以上に鼻マスクに慣れ、鹿野の声を守る方が大事だと。

田中の理屈は美咲にもよくわかった。しかし、鹿野にとっては、声も、英検も大事なのだ。どっちも諦めない、どっちも手に入れるという鹿野の本気のわがままを、美咲は叶えてやりたかった。

しかし、猛の意見が変わらない以上、病院から外出許可はもらえそうもなかった。

「駄目ってなんだよ」

しゃべりにくいのか、鼻マスクを外させた鹿野は、浅い息で苦しそうにあえぎながら、怒りを爆発させる。

「たった一日ぐらい、いいだろ。英検諦めろ、って言うのかよ。俺は、一日一日が、勝負、なんだ。次の試験の時、元気で、いられる、保証、ないんだぞ」

鹿野はテーブルの上のアルミのコップに目をやる。跳ね飛ばそうと、指に力をこめるが、かすかに動いた手は、コップを持ち上げるどころか、ずらすこともできなかった。

「コップも、飛ばせねえ」

少しずつ、できることが減っていく。鹿野の病気がそういうものだと美咲はわかっているつもりでいた。しかし、軽いコップに押し返される鹿野の手を見ながら、自分は何もわかっていなかったのだと思う。

「……そのうち鉛筆だって、持てなくなるぞ」

高村は唇をかみしめながら、その言葉を聞いていた。

「タカムー、俺に、英検も、アメリカ行き、も、諦めろって、言うんだな」

「言ったかよ、俺が、そんなことをさあ！」

「タカムー」と責めるように言われ、高村は上ずった声で、怒鳴り返した。

いつも穏やかで、誰よりも献身的で、「鹿ボラの守り神」とまで言われる高村が、そんな風に声を荒げるのを、美咲は初めて聞いた。

鹿野は口をへの字に曲げて、高村をにらみつける。

そして、また、信じられないような「わがまま」を、口にした。


激しい怒りで、瞼の裏がちかちかとする。

田中は乱暴に鹿野の家の玄関のドアを開け、ずかずかと上がり込んだ。

「……田中君」

奥から、慌てて出てきた貴子が押しとどめる。

「勝手に退院したってどういうことですか！」

田中が貴子に怒りをぶつけた。

田中は何も知らず鹿野の病室に向かい、そこで鹿野の退院を知ったのだった。英検を受けるための外出許可が下りないからといって、勝手に退院までするとはさすがに思わなかった。

勝手に退院したことにも、それを知らされなかったことにも、田中は腹を立てていた。田中に知られたら、反対されると思われたのだろう。実際、知らされたら、反対したはずだ。それでも、それは鹿野のことを真剣に考えるからこそだ。どうして言ってくれなかったのだと、悔しくてたまらなかった。

「どうしても、英検受けたいっていうから」

貴子が手を揉みしだくようにしながら、すまなそうに言う。

「だからって、なんで俺に一言もなしに」

鹿野に直接一言いってやらなければ、気が済まない。追いすがる貴子をかわしながら、奥の部屋に向かった田中は、思わずはっと足を止めた。

ベッドに横たわる鹿野は、明らかに尋常な様子ではなかった。

うつろに宙を見ながら、ガタガタと震えている。その顔は蒼白で、唇もほとんど色がなかった。

「……どうしたんですか、鹿野さん？」

「急に具合が悪くなっちゃって」

思わず駆け寄った田中に、鹿野の肩をさすりながら美咲が小さな声で答える。

「だったら、病院に戻そうよ、すぐに！」

今なら病室もまだ空いている。父親にまた頭を下げて頼み込めば、戻してもらえる。すぐにでも、電話をかけようと振り返った田中に、美咲は慌てて告げた。

「だから、今、西区病院に連絡してて」

「なんで、親父じゃなくて、野原先生なんだよ！」

「……ごめんね。でも、今更そっちには、戻れないって言うから」

少しも納得できなかった。振った女とよりを戻すとか、そういう話とはわけが違うのだ。確かに、強引に退院した病院に、戻るのはバツが悪いかもしれない。でも、NPPVの治療は西区病院ではできないのだ。なのに、どうして。

ぐっと、こぶしを握り、鹿野の顔を見つめる。

鹿野はうっすらと開いた目で、田中の姿を認めると、ぜいぜいと苦しい息を吐きながら、不明瞭な声で、繰り返し、田中の名前を呼んだ。

「なんですか？」

鹿野は短い息で喘ぎながら、確かに田中に向かって何かを言おうとしている。

田中はかがみこみ、鹿野の口元に耳を寄せた。

「……アイ……ラブ……ユー」

切れ切れに届いた声は、確かにそう聞こえた。田中は思わず鹿野の顔を凝視する。次の瞬間、どっと力が抜けた。苦笑するしかなかった。

なんで、このタイミングでその言葉なんだよと思う。こんなぎりぎりの状態で、そんな得意そうな顔で、この人はなんでこういうことを言うのか。

でも、不思議と田中の怒りは、この一言ですっと消えていた。どうやら、田中は腹を立てるというより、傷ついていたらしい。鹿野に頼られなかったことに、わがままを言ってもらえなかったことに。

鹿野は目を閉じて、ぜいぜいと苦し気に喘ぐ。明らかに入院していた時よりも、呼吸が弱まっている。

もう、鹿野の気持ちが変わっても、ＮＰＰＶの治療には戻れないかもしれない。

まったく、この人は。

田中は複雑な思いで、じっと鹿野を見つめる。その横では、美咲が励ますように、ずっと鹿野の肩をさすっていた。

西区病院に到着した鹿野は、すぐに処置室に送られた。

「どうすんのさ、あんた」

意識朦朧とした状態の鹿野に、野原が尋ねる。鹿野の呼吸器の筋力低下は著しく、もはや気管切開は避けられない状態だった。

一刻を争う切迫した状況にあっても、野原はあくまで鹿野の意志を確かめようとしていた。

「いやだ……声を……なくしたくない」

遠のく意識の中で、鹿野が頑固に言い張る。

「呼吸器つけないと死んじゃうよ！」

野原にぴしゃりと言われ、鹿野はふとすがるような目で彼女を見つめた。

「……助けて……助けて」

ぶるぶると唇を震わせて、繰り返す。声を失っても、生きたい。それがギリギリでの鹿野の決断だった。野原は鹿野の目を見て、しっかりと頷く。そして、鹿野はそのまま昏睡状態に陥った。

すぐに手術が始まった。

ボランティアたちは手術室の外で、じっと待ち続ける。祈ることしかできないのが、もどかしかった。

「……結局、俺は、何の力にもなれなかった」

廊下の壁にもたれながら、田中は独り言のように呟く。その横でしゃがみ込んでいた美咲は少し迷って、田中の方を見ずに、口を開いた。

「大事なのはこれからだよ」

美咲の言葉に、田中は鹿野を思い起こす。常に前を向く強さが、よく似ていると思った。

その時、廊下の扉が開いた。連絡を受けて駆けつけた光枝と清だった。ボランティアたちが二人を囲む。二人は丁寧に頭を下げた。

高村に勧められ、二人は廊下のベンチに座る。隣に座った貴子が、いたわるように膝に手を置くと、光枝もまた、貴子の膝を優しくぽんぽんと叩いた。

光枝は沈痛な面持ちのボランティアたちの顔を見上げ、にっこりとほほ笑む。

「大丈夫ですよ、靖明は。これぐらいのことでへこたれるような子じゃありませんから」

そして、光枝は手帳から一枚の写真を取り出し、皆に見せた。それは、元気に走る、六歳の時の鹿野の写真だった。

「駆けっこが得意な子だったんです。でも、六歳の頃から、よく躓《つまず》いて、転ぶようになって」

その時はまだそれが病気のせいだとは思わなかった。駆けっこが得意だったはずの鹿野は、運動が苦手な、鈍くさい子供だと見なされ、いじめっ子たちの格好の餌食《えじき》となった。いじめっ子たちに泣かされて帰ってくる鹿野に、清は厳しかった。「男ならやり返してこい」と清に言われ、大きな石を手にいじめっ子に立ち向かっていったこともあった。

病名が分かったのは十二歳の時だ。光枝は筋ジストロフィーという病名をその時初めて知った。子供の将来を思い、光枝はぼろぼろと泣いた。まだ筋ジスの治療も介護も、十分でなかった時代、将来を悲観するあまり、病院の屋上にたたずみながら、「靖明、一緒に死のう」と口走ったことさえあった。

しかし、鹿野はその時もへこたれていなかった。

「何言ってるの、おかあちゃん？　僕、絶対死なないからね。治るって先生も言ってたもん！」

強い口調で言い切る鹿野の、生きようとするその力に、光枝はうたれた。光枝は鹿野を抱きしめて泣いた。鹿野も声を殺して泣いていた。

「その日から今日まであの子なりにずっと戦ってきたんです」

写真の鹿野を見つめ、光枝は微笑む。

その写真を覗き込んだ美咲や田中たちもほほ笑んだ。彼が必死で戦い続けてきたことは、鹿ボラの全員が、よく知っていた。

プシュー、プシューッという音が一定間隔で病室に響く。

鹿野の切開した喉からはホースのような管が伸び、それは、小型冷蔵庫ほどの大きさの人工呼吸器とつながっていた。

人工呼吸器によって酸素が十分に体に行きわたるようになったのだろう。このところずっと苦しそうだった鹿野の顔は、穏やかだった。

「まあ、無事に終わってよかったべや」

清がぼそっと呟く。光枝は痛々しい姿で眠る鹿野の顔を見詰めながら、笑顔で頷いた。手術が無事に終わり、肉親だけならと、光枝と清は病室に入ることを許された。それからずっと、二人は人工呼吸器の音が響く病室で、眠ったままの鹿野を黙って見守っていたのだった。

光枝は鹿野の顔を瞳に刻み付けるように見つめ、ベッドの上に見える鹿野の手を一瞬迷うように見た。そして、息子の手をとる代わりに、横に置いていたバッグをぐっとつかむと、「そろそろ、私」と清に告げた。

「なした。帰る気か？」

「私がいたら、また喧嘩になるけん」

「今日ぐらいはいいんじゃないのか？　一緒に居たって」

光枝は首をふりながら立ち上がり、清の肩をぽんぽんと叩いて、ドアに向かう。これ以上弱っている鹿野を見ていたら、甘やかすことを自分に許してしまいそうだった。

鹿野が自立したいと思っていることも、そのためには母親の愛情を邪魔だと感じていることも、光枝はよくわかっている。

光枝は後ろ髪を引かれる思いで、病室の扉に手をかけた。

「おい」

清が声を上げる。光枝は思わず足を止め、離れたところからベッドの様子をうかがう。

ようやく意識を取り戻した鹿野が、うっすらと目を開け、父親を見詰めていた。

「靖明、どうだ具合は、大丈夫か」

清が呼びかける。鹿野はかすかに頷いた。

そして、鹿野は何かを探すように視線をさまよわせる。その視線は光枝を探し当て、ぴたりと止まった。

「わかってるよ、帰れって言いたいんだろ」

光枝はふっと微笑み、ちゃきちゃきとした口調で言った。

鹿野は光枝を見たままで、口をゆっくりと動かす。

何度も、何度も、同じ形で、繰り返し、声にならない声を伝える。

「おかあちゃん、おかあちゃん」と。

「あ、おかあちゃん？」

気づいた清が、慌てて、光枝を呼び寄せる。光枝は鹿野に歩み寄ると、にっこりとほほ笑みかけた。

「靖明、なしたの？」

光枝を見つめる鹿野は、いろんなものが引きはがされたような、無防備な顔をしていた。光枝は小さなころの鹿野を思い出す。駆けっこが得意で、いなり寿司をおいしそうにほおばっていた小さな鹿野を。

鹿野の右手がピクリと動く。ほんのわずかに動いただけだったが、光枝にはその手が自分に向かって伸ばされたことが分かった。

光枝はゆっくりとその手を握る。ぎゅっとにぎると、かすかに握り返してくるのが感じられた。

光枝は小さく頷きながら、鹿野に微笑む。光枝の目も、鹿野の目も、真っ赤だった。

今日だけは。

不思議と、言葉がなくても、鹿野が言いたいことが分かった。

そうだね、今日だけは。

鹿野にもまた、光枝の思いが伝わったようだった。

二人は無言のままに、互いに甘えることを許し合う。

じっと光枝を見つめる鹿野の目じりから、つっと涙がこぼれる。

鹿野は口をぶるぶると震わせ、静かに泣いた。

光枝の目からも涙があふれる。

光枝はぐっと歯を食いしばって、微笑みながら、何度も何度もうなずいた。


薄いビニール手袋をつけた看護師が、慣れた様子でパッケージを破り、吸入器の管を取り出す。

その様子を、美咲は貴子、高村、塚田とともにじっと見つめていた。人工呼吸器をつけたことで、どうしても必要となる痰吸引について、わざわざ美咲たちからお願いし、教えてもらうことになったのだ。高村は田中にも連絡したようだが、忙しいと断られてしまったという。

美咲は「結局、俺は、何の力にもなれなかった」と呟いた田中の、力ない表情を思い出す。自分に裏切られたような顔をしていた。百点を取らないと失敗だと考えてしまう田中にとって、鹿野が気管を切開し、人工呼吸器をつけることになったのは、受け入れがたいことだったのだろう。

うぬぼれてると美咲は思った。そんな全部、自分のせいみたいに考えるなんて、うぬぼれている。美咲はここにいない田中に腹を立てつつ、その自分で自分をがんじがらめにするような、ややこしい性格に切ないような気持ちにもなった。

「人工呼吸器をつけると気管や肺に痰が溜まりやすくなり、放置しておくと窒息してしまいます」

看護師がきびきびと告げながら、手にした管を吸入器に取りつける。「窒息」という言葉に、美咲のとなりで、貴子は小さく息を飲んだ。

看護師は鹿野の喉につけられた人工呼吸器のチューブを外し、吸入器の管を消毒すると、「鹿野さん、入れますよー」と言いながら、鹿野の喉に空いた穴にむけ、管を差し込んだ。

何度も生唾を飲み込むようにしていた鹿野は、途端におえっとえずくような表情になる。

その顔に、美咲は自分までむかむかと気分が悪くなってきた。

看護師はゆっくりと管を差し込む。彼女がこよりを作るように、管を回すと、ゴゴ、ゴゴッという音とともに、黄色い痰が吸引され、管の先の容器にたまっていった。

鹿野はずっと眉間にしわを寄せながら、今にも吐きそうにしている。

吸引を終え、看護師は管を引き抜き、人工呼吸器の管をもとに戻す。そして、喉の穴からだらりと下がった小さな丸いパーツを手に取り、「鹿野さん、カフに空気入れますよ」と声をかけた。このパーツに注射器で空気を送り込むことで、気管の中にあるカフと呼ばれる器具が膨らむのだ。

「カフに空気を入れて、気管に唾液が入らないようにしています」

唾液が入ることで、口の中の細菌が原因の肺炎になる危険性も高くなるという。

鹿野はじっと聞いていた。本当はこれまでのように質問攻めにしたいのだろうなあと美咲は思う。

「私たちが二十四時間待機して痰を吸引しますので、いつでもナースコールで知らせてください」

美咲たちは頭を下げて、看護師を見送った。

気づけば、鹿野が筆談用に用意した鉛筆をゆっくりと動かしていた。その方が力がいれやすいのか、鉛筆を横倒しにして持ち、ゆっくりと線を引く。その線は太く淡かったが、それでも、「カラオケいきたい」としっかりと読めた。

「カラオケ行きたい？」

美咲が横から紙を覗き込んで尋ねる。鹿野はかすかに頷いた。

美咲たちは重く黙り込む。声を失った鹿野が、どんな思いでその言葉を書いたのだろうと思う。

手術以来、鹿野がこれまで以上に苦痛にさいなまれていることは、横で見ている美咲にもよくわかった。痰は五分おきには詰まり、呼吸器のアラームはほとんど鳴りっぱなしのような状態で、そのたびに鹿野は冷や汗をかきながら、痰の吸引を受けるのだった。

病院のベッドは固く、やせた鹿野にとっては、ちょっと擦れるだけでも、直接、尾てい骨を削られるような苦痛が襲った。心不全で全身がむくみ、パンパンに腫れた足もまた、痛くてたまらない。

しかし、その苦痛を鹿野は外に出して表現できないのだった。痛いところを抑えることも、声に出して訴えることもできない。壁に五十音表を貼り、レーザーポインターで指し示すことで、意思の疎通を図ろうともしたが、震える手で一文字一文字正確に指し示すことも難しく、鹿野はすぐに筆談に切り替えてしまった。

鹿野は苦しんでいた。体のあちこちが悲鳴を上げる中、人工呼吸器に繋がれて生きることになった自分と必死に折り合いをつけようとしていた。

鹿野は手にしていた鉛筆を、力なく放した。そして、すぐ横に置かれたアルミのコップにゆっくりと手を伸ばす。じりっじりっと動かし、ようやく手がコップに届く。しかし、もう持ち上げる力は、鹿野の手にはなかった。跳ね飛ばすこともできない。手の甲で押しても、コップはかすかに動いただけだった。

鹿野はコップをじっと見つめる。疲れたような、もの悲しい目だった。

美咲は咄嗟にそのアルミのコップを摑む。そして、コップを勢いよく床に投げつけた。

コップはカーンと派手な音を立てて跳ねると、床を転がった。

美咲はそのコップをじっと見つめ、そして、鹿野を見た。

「少しはすっきりした？」

美咲はニヤッと笑う。驚いていた鹿野もまたにやりと共犯者のように笑った。

「やるじゃん」

貴子にポンと背中を叩かれる。あっけに取られていた高村たちも笑いだした。

鹿野が笑うのを見るのは久しぶりだった。どこか人生に挑んでいるような、偉そうな、ふてぶてしい笑み。

出会った頃、時には反発を覚えることもあったその笑顔を見た美咲は、心がじんと熱くなるのを感じていた。


手術後は人工呼吸器とともに生きていくことについて、重く思い悩んでいた様子の鹿野だったが、五日も経つと、いつもの調子を取り戻し、「お尻が痛いから、車椅子に移る」「コーヒー買ってきて」「マンガ読みたい」とつぎつぎに「わがまま」を口にしはじめた。英検の勉強も、すぐに再開させた。

「こんな気丈な人は初めてだ」と看護師たちも驚くほどだった。

許可制だったテレビを交渉の末、手に入れるなど、病院に対しても、粘り強く自分の要求を通していく。

看護師たちが二十四時間待機しているといっても、それは命を守るためだ。自宅でしていたように、鹿野自身が何をしたいか、いつするかを決定する自立生活をサポートしてくれるわけではない。入院していても、変わらずボランティアのサポートは必要だった。

鹿野がまた「わがまま」を口にするようになったことを、ボランティアたちは皆喜び、いつも以上に熱心にサポートした。

しかし、病院の泊まり介護は想像以上に過酷だった。

鹿野の隣に仮眠用のベッドを置き、ボランティアたちはそこで横になるのだが、しょっちゅう痰が溜まり、呼吸器のアラームがけたたましい音を立てる。その度に飛び起きては、ナースコールを押すのだった。

「毎日大変ですね」

痰を吸引しながら、看護師は泊まりの塚田に声をかける。

「いや、それほどでもないですよ」

塚田は欠伸《あくび》を嚙み殺しながら答えたが、ボランティアの調整がつかない時には十五時間もの長い時間、ほとんど眠ることもできずに病院に詰め続ける生活は、体力的にもきつかった。しかも、塚田は他に仕事も抱えているのだ。そんなボランティアは塚田だけではなかった。

また、鹿野がその活動を活発化させるにつれ、改めて大きくなったのはコミュニケーションの問題だった。鹿野の気持ちに、伝える手段がどうしても追いつかないのだった。

「え、どうしたの鹿野さん？」

新聞を広げる塚田の横で、鹿野を見ていた美咲が声をかける。

鹿野は口を大きくぱくぱくと動かしていた。筆談さえもまどろっこしいのか、鹿野は口の動きで、伝えようとすることが増えた。

しかし、これがまた難解なのだった。

「あ？　あ？」

美咲は鹿野の口の形を真似て繰り返す。しかし、鹿野は苛立たし気に首を振り、かすかに顎をしゃくった。鹿野の視線の先を見て、美咲はあっと気づく。「さかさま」だ。塚田の持つ新聞はさかさまになっていた。

「さ、か、さ、ま！」

美咲が笑顔で口にすると、鹿野は頷いた。しかし、塚田はさかさまの新聞紙を広げたまま動かない。

「塚田さん」

美咲が肩をポンと叩くと、塚田はそのままがくっと崩れ落ちた。限界を迎えた塚田は立ったまま寝ていたのだった。

人工呼吸器をつけても、食べたいものを食べたいときに食べる鹿野のスタイルは変わらなかったが、それでもまったく同じというわけにはいかなかった。

気管に人工呼吸器のカフが入っていることにより、食道は押されて細くなっている。誤嚥《ごえん》のリスクが高くなった鹿野は、以前のように慎重にラーメンをすることも許されなくなった。

出前でとったラーメンを、貴子がキッチンバサミで細かく刻む。貴子がレンゲですくったもはや麺とは言えない状態のものを、鹿野は嫌そうに見つめ、また口をぱくぱくとさせる。

「味噌？　醬油だよ、これ」

しっかりと読み取った貴子が答える。鹿野は不満げに、繰り返した。

（み、そ、が、よ、か、っ、た）

床で寝ていた高村がゾンビのようにむくっと起き上がった。

「味噌味が売り切れだったの」

「だって。残念だったね」

貴子がさばさばと言って、レンゲを鹿野の口元に運ぶ。鹿野はむすっとしながら、醬油ラーメンを口にした。

そして、何より、ボランティアたちを苦しめたのは、夜だった。

不眠症の鹿野は、深夜になっても眠る気配も見せず、合図するために手に付けた鈴を容赦なくシャンシャンと鳴らす。その度に、ボランティアたちは体位を交換し、食べたいというものを買いに走り、新聞が読めるよう紙面を広げ続けなければいけないのだ。

体位交換を終え、仮眠ベッドに頭をつけたか否かというタイミングで、またシャンシャンと鈴を鳴らされる。そんなことが何度も続き、塚田は思わず、飛び起きて、声を荒げた。

「もう！　僕はいつ寝ればいいんですかあ、もう！　全然……寝てないんですよ、だって」

鹿野の顔を見ているうちに、声は最初の勢いを無くした。塚田を見る鹿野の顔は必死だった。鹿野だって、ふざけているのでも、嫌がらせをしているのでもない。ただ、必死なのだ。

その顔を見ていたら、塚田の中から、不思議と怒りがすーっと消えていった。いわゆる「ゾーン」に入ったのだ。

鹿野はゆっくりと口を動かし、「み、ず」と伝えた。

「なんか、すみません」

そう謝ると、塚田はすぐに水を用意した。

そんなことが、毎日、毎晩続いた。

最初こそ、手術が成功したという高揚感と、人工呼吸器と生きることになった鹿野を支えなければという使命感により、前のめりなぐらいにサポートしていたボランティアたちも、病院生活が続くにつれ、疲労の色が隠せなくなってきた。

この病院では、人工呼吸器をつけた患者が退院したという例はひとつもない。

この入院生活に終わりが見えないということも、ボランティアたちの疲労に拍車をかけていた。

皆が、ぎりぎりのところで、鹿野を支えていた。

ページを開いた状態の冊子を握り締め、美咲は走っていた。本当は病院の廊下を走ってはいけないことはわかっている。でも、走らずにはいられなかった。

早く鹿野に伝えたくて、自然と笑みがこぼれる。美咲は息を切らしながら、笑顔で病室に駆け込んだ。

「鹿野さん、鹿野さん」

息が整うのを待つのももどかしく、冊子を広げながら、説明する。その冊子は医療系の会報誌だった。

「人工呼吸器の患者さんの中に、このカフに入れる空気の量を調整して、声を出せるようになった人がいたんだって」

「どういうこと？」

貴子が冊子をひょいととって、まじまじと見る。

寝ていた高村と塚田もむくっと起き上がった。

「どうしたの、これ？」

「情報が欲しくて、バイト先の子に頼んで、医療関係者と合コンしまくった」

貴子に尋ねられ、美咲は笑いながら答える。鹿野の声を取り戻す方法がないものか、ヒントでもいいから知りたかった。しかし、医学の知識もない美咲は何をどう調べていいかもわからず、合コンにかこつけて、詳しい人とお近づきになるという方法を取ったのだった。

田中に相談するということもちらりと頭に浮かんだけれど、ボランティアに顔を出すことも少なくなった彼に、連絡するのも気が引けた。

「なるほどね」

ざっと冊子の記事に目を通した貴子が、冊子を高村に手渡しながら、カフに空気を入れる注射器を手にする。

「これで、空気を調整するわけね」

「そうそうそう」

「でも、たまたまその人がうまく行ったっていうだけで、誰でも出来るってわけじゃないんでしょ?」

高村が難しい顔で言う。確かに、リスクがないとは言えない方法だった。医者や看護師に知られたら、確実に止められるだろう。

「鹿野に何かあったらどうするの?」

高村の言葉を遮るように、チッチッという鋭い音が響いた。

美咲たちはぱっと鹿野の顔を見る。鹿野は高村をにらみながら、舌打ちを繰り返していた。

鹿野は美咲を見て、口をゆっくりと動かす。

「や、り、た、い」

鹿野の口の動きを読み取った美咲は、ぱっと笑顔になる。

「やりたい、鹿野さん?」

鹿野は小さく、しかし、しっかりと頷いた。

「じゃあ、看護婦さんに内緒でやってみますか」

美咲は人差し指を口に当て、ひそひそ声で言う。鹿野はまた頷いた。

「駄目だって、絶対ダメだってそんなの」

慎重な姿勢を崩さない高村に、また鹿野が舌打ちをする。高村はじろっと鹿野を見て、

これ見よがしに舌打ちをした。鹿野はむっという顔で、精いっぱい大きく舌打ちをす

る。

お互い意地になったような、大人げない舌打ちの応酬はしばらく続いた。

高村は最後まで難色を示していたが、最後には折れた。一度腹を決めてしまった鹿野の頑固さを、付き合いの長い高村は誰よりもよく知っていた。

そして、しばらく看護師が来ないことを確認し、さっそくカフの空気を抜いてみることになった。

「1の目盛まで抜きますね。いきまーす」

美咲は注射器をゆっくりと引き抜き、1の目盛のところまで動かす。その分の空気が、気管の中のカフから抜け、隙間ができているはずだった。

ほんの少しの空気を抜いただけだというのに、鹿野はごほごほと咳き込み始めた。

「つらい？」

美咲は鹿野の様子をうかがいながら、声をかける。

たちまち呼吸器のアラームが鳴り始めた。痰が絡んでしまったのだ。

「まずいよ、看護婦さんが来るよ」

切迫した口調で高村が言う。美咲は慌てて、注射器で抜いた分の空気を戻した。注射器を外したところで、看護師が入ってくる。美咲は咄嗟に注射器を上着の下に入れて隠した。

「お手数かけます」

高村がぺこぺこと看護師に頭を下げる。

「どうかしましたか？」

不思議そうに尋ねる看護師に、美咲は注射器を服の上から押さえながら、何食わぬ顔でほほ笑んだ。


実習を終え、白衣姿の学生たちが、ぞろぞろと次の授業に向かって移動する。

田中は少し遅れながら、のろのろと歩いていた。

校舎に入る階段を上るところで、田中はふと足を止める。そして、白衣の集団が、彼が立ち止まったことなど全く気付かないままに、見えなくなっていくのを、じっと見送った。

何で足を止めたのか、自分でもよくわからなかった。

ただ、このまま授業を受ける意味がよくわからなくなってしまったのだ。

田中は階段に座り込む。そして、長々と息を吐いた。

医者になるという、子供のころから言い聞かされていた将来に、疑問を感じるようになったのは随分前だったと思う。しかし、それは他に何をするつもりなんだという、もっともな心の声にかき消されるほど、かすかな疑問でしかなかった。

その疑問が急に大きくなったのは、ここ最近、医者になるという未来が、遠く漠然としたものから、現実的な手ごたえのあるものへと変わりだしてからだ。

実習が増え、患者と接する機会が増えるうちに、田中はどんどん怖くなっていった。医者として、自分は本当に患者のためになる決断を下せるのだろうか。自分のことさえ決められない自分が、人の未来を左右する重大な決断をできるのだろうか。してもいいのだろうか。

そう思い悩むようになったのは、鹿野に何もできなかったという悔いも大きく影響していた。

鹿野のために、田中は初めて自分の考えを父に訴え、実行することができた。

しかし、結果から見れば、鹿野のためになった決断だったとは言えない。無駄だったかもしれないとさえ思う。ＮＰＰＶの治療がうまく行った可能性もなかったわけではない。でも、気管切開の必要性をもっと真剣に一度は検討するべきではなかったか。鹿野の声を守ることばかりに気を取られてしまっていたのではないか。猛は田中を責めなかったが、田中はいっそ責めてほしいとさえ思った。

田中は繰り返し繰り返し自問自答し、思い悩んだ。

そんなうじうじと思い悩む自分に、すっかり嫌気がさしていたが、生憎、自分から逃げ出すことはできないのだった。

田中は、鹿野だったらどうしただろうと考えた。

そもそもこんな風に思い悩むこともないだろうか。

しかし、田中は鹿野との会話の中で、彼が昔はひどく引っ込み思案な青年だったことを聞いていた。彼は自立生活を意識する中で、そして自らの病気と生きていく中で、あの逞しさを身に着けていったのだった。

田中はおもむろに立ち上がる。

久しぶりに、鹿野と話したいと思った。

そして、田中は鹿野の病室に向かって、足早に歩き出した。


鹿野の病室を訪れるのは久しぶりだった。

田中は入口のカーテンの陰から、こっそりと部屋の中を覗き込む。

部屋には、三谷という男子学生と、仁美《ひとみ》という女子学生がいた。どちらも存在こそ知ってはいるが、あまり話したことのない学生たちだ。

なんとなく、気後れして、カーテンの裏でためらっていると、三谷が「今日は目盛2でやってみますね」と鹿野に声をかけた。

三谷は注射器を手にし、カフに繋がるパーツに差し込む。

何をしているんだと田中が思うと同時に、仁美が「何やってるんですか、それ」と若干咎めるように尋ねた。

「空気を抜いたら声が出るらしいんだ……行きますね」

三谷は注射器でカフの空気を目盛り二つ分慎重に抜いた。鹿野は試すように、探るように、何度も息を吐き、喉を震わせている。その表情は苦しそうだったが、三谷を止めさせようとする素振りは少しもなかった。

「鹿野さん、大丈夫？　あまり無理しない方がいいんじゃないですか？」

仁美が心配そうに声をかけるが、鹿野は首を横に振る。そして、むきになったように何度も、息を吐いた。

その必死な顔を見て、田中は思わず踵《きびす》を返していた。

鹿野にどういう顔で会えばいいかわからなくなったのだ。

あんなに懸命に戦っている人を前にして、いかにも自分の悩みがちっぽけに感じた。いや、そんな悩みを手放せないでいる自分自身がちっぽけに感じた。

田中はとぼとぼと病院の屋上に上がる。大学にも家にも戻りたくなかった。

屋上のベンチに腰を下ろし、田中は青空を見上げる。いい天気だった。田中はゆっくりと形を変える雲を見つめる。

どれだけぼんやりと時間を過ごしていたのだろう。田中はふと視線を感じ、目を向けた。

物干しざおに、洗ったばかりの真っ白なタオルやシーツがまぶしくはためいている。その奥に、美咲が立っていた。

田中は思わず背筋を伸ばし、ベンチに座りなおす。

美咲は手にしていたタオルを物干しざおにかけながら、「何考えてたの?」と軽く尋ねた。

ここ数か月の気まずい空白なんてなかったかのような、気安い口調に、田中も身構えることを忘れ、笑顔で答える。

「……やっぱり、すごいな、鹿野さん」

美咲にはそれだけで、田中が何について話しているのか分かったようだった。

「うん、どんどん強くなっている気がする」

田中は笑った。確かにそうだ。体が動かなくなり、障害が重くなればなるほど、鹿野は強くなっているようにも思える。

「いやあ……敵わないよ、俺は。あんな風には生きられないよね」

「私も」

田中の笑顔が、苦く歪んだことに、タオルに目をやる美咲は気が付かない。田中は俯き、ぽつりと言った。

「俺さ……医者諦めようと思う」

「なんで？」

洗濯物を放り出し、美咲が近づいてくる。田中はそんなことに小さな喜びを覚え、すぐにそんな自分が恥ずかしくなった。田中は屋上を囲む柵に向かって歩き出し、美咲と少し距離を取る。

「俺みたいな覚悟がない人間が医者になったらダメだって」

「なんで？」

美咲は泣きそうな声で繰り返した。意外な反応だった。自分が医者を諦めようが、何をしようが、もうどうでもいいと思っていた。でも、よく考えてみれば、田中の知る美咲は、つながりが切れたからと言ってそんな風に無関心でいられる子ではなかった。

「なんで？」

美咲は繰り返す。田中の口にした理由が嘘だとでもいうように。しかし、田中は「覚悟がない」と繰り返すことしかできなかった。

「患者と向き合える自信がないんだよ。向いてないよ、俺」

長い長い沈黙が下りた。

美咲は無理に小さく笑って、「でもさあ」と言った。

「私は田中君みたいな優しいお医者さんがいてくれたらいいなって、ずっと思ってたよ」

初めて聞く言葉だった。しかし、美咲の言葉が、励ますために、即席でつくったそれらしい言葉の類でないことはすぐにわかった。

しかし、田中はその言葉を拒むように、腕を組む。そして、ふっと苦笑した。

「……別にさ、優しくないよ、俺。ふりしてるだけだから」

「やさしいよ」

「優しくないんだって」

間髪いれず、断言した美咲に、田中は尖った声で言い返した。優しいんじゃない。人に悪く思われる勇気もなく、人に悪く思われてでも、貫きたいような思いもないだけだ。

「……優しいのに」

「いやだって、ほんとは嫌なことばっかり考えてるもん」

美咲はくるりと田中に背を向け、空を見上げる。その後ろ姿を見つめながら、田中はまた〝嫌なこと〟を考えた。

「ねえ、聞いたよ、鹿野さんから」

気づけば、そう口にしていた。

「何？」と無邪気に尋ねる美咲に、田中は「ベッドイン寸前って何だよ」と吐き捨てるように言った。

「ベッドイン？」

「だから、鹿野さんから、聞いたって……ベッドイン寸前って何？」

そんな風に問い詰める資格はないと思うのに、止まらなかった。

「……ああ」

美咲は何かに思い当たったように声を漏らした。田中は強いショックを受ける。どこかで、鹿野の真っ赤なウソであることを願っていたのだ。

「いや、ベッドインでは……」

「同情すれば何でもやっちゃうの？」

弁解しようとする美咲の言葉を遮って言う。ずっとずっと考え続けていた嫌なことが、言葉となって口から噴き出し、美咲の笑顔をゆっくりと歪めていく。

美咲は両手で頭を抱える。そして、もう答えは返ってこないのかと思うほどの長い沈黙の後、彼女は震える声で言った。

「……同情じゃないかもしれないじゃん。私が鹿野さんのこと好きになるかもしんないじゃん。わかんないでしょ」

「……ごめん」

田中は消え入るような声で謝ると、干してあったシーツをはねのけながら、歩き出す。

「ごめんじゃなくて！」

怒りを込めた美咲の言葉が、田中の背中に投げつけられる。しかし、田中は振り返ることなく、何かに追われるように、足を速めた。

残された美咲は怒った顔を、不意にくしゃっと歪ませる。そして、ぐっと涙を堪えると、かごからタオルを取り、残りの洗濯物を干し始めた。


その日、泊まりのボランティアは美咲一人だった。

美咲は病室に受験のための参考書を持ち込んでいた。その日、鹿野からの指示はほとんどなかった。注射器の4の目盛まで空気を抜いた状態で、しきりに息を出しては、喉を震わせようとしていた。

参考書に取り組む時間は十分にあったが、なかなかペンは動かなかった。昼間に交わした田中とのやり取りがどうしてもちらついて集中できない。そのうち、美咲はなんとか声を出そうと試み続ける鹿野の「コーコー」という息の音を遠くに聞きながら、ペンを持ったまま、寝入ってしまった。

そして、夜が明け、病室に柔らかな朝の光が差し込み始めた。

美咲は眠りながらも、顔に当たる朝日を感じ、ぼんやりと意識を覚醒させる。

「おはよう」

ぎこちない、不鮮明な声だった。

美咲は「おはよう」と返し、顔をゆっくりと起こす。しかし、まだまだ眠い瞼は重く閉じられたままだ。

「おはよう」

また聞こえた。

美咲はぼんやりとした意識の中で、あれっと思う。声が聞こえたのと逆の、病室の入り口を振り返り、うっすらと目を開く。しかし、そこには誰もいなかった。

ようやく意識がはっきりしてきた。美咲は目をぱしぱしとしばたかせながら、鹿野を見る。

鹿野はにやっと笑っていた。得意げな、自信たっぷりな顔。鹿野は一音一音かみしめるように「おはよう」と言った。美咲はぼんやりと「おはよう」と返す。そして、へらっと笑って、腕に顔をうずめた。信じられなかった。

「嘘でしょ、鹿野さん」

鹿野がしゃべっている。低くこもっていて、違う声に聞こえるけれど、それは確かに鹿野から発せられた声だった。

「やったよ、俺」

にやっと笑う鹿野に、美咲も笑顔を返す。

「出てる、声」

美咲はへへっと笑って、鹿野のもとに駆け寄った。

「おー、すごいー！　できたー！」

歓声を上げながら、美咲は鹿野の頭をわしゃわしゃと撫でる。「イタイ、イタイ」と鹿野が口にする。美咲は「ごめん、ごめん」と謝りながら、鹿野の顔を撫でさすった。痛いと直接、言われることがこんなにうれしいなんて思わなかった。

「うれしい痛みさあ」

鹿野がまるで心を読んだかのように言う。ちょっと間延びした語尾も、ちょっと聞いていなかっただけなのに、ひどく懐かしかった。

「私もうれしい！　めちゃくちゃうれしい！」

美咲は鹿野の手を取ってぎゅっと握る。鹿野もゆっくりと手に力を入れ、握り返す。美咲は鹿野と笑顔で見つめあった。

嬉しくて、嬉しくて、美咲は勢い余って、握っていた鹿野の手を、自分の胸に押し付ける。

ぎょっとした顔の鹿野に、美咲はいたずらっぽくほほ笑む。

「おっぱい、触ってみたかったんでしょ」

鹿野は参ったという顔で笑っている。胸に押し付けられた鹿野の手は、緊張しているかのように、ピクリとも動かずこわばっている。「おっぱい、さわらせて」なんてことをしょっちゅう口にしながら、いざ押し付けられたら、たじたじとなる。そんな鹿野を、美咲はなんだかかわいいと思う。

美咲はふふっと笑い、鹿野の身体にぎゅっと抱き着いた。

「よくやった！　鹿野！」

ぽんぽんと乱暴に腕を叩かれながら、鹿野は静かにほほ笑んでいた。

「勝手な真似をして……」

鹿野に自分の口から、声が出るようになったと告げられ、野原は苦い表情で言った。詳しく言わずとも、鹿野たちがこそこそと何をやっていたのかは、すぐに野原にわかったようだった。リスクもあるのに、医師や看護師に相談もなしでと、野原はため息をつく。

「何事もなくて良かったですね」

美咲たちをフォローするように、さらりと看護師が言った。入院以来、鹿ボラのメンバーたちが入れ替わり立ち代わり、鹿野を支えてきた姿を、一番近くで見てくれていた看護師だった。

「はやく、うちに帰りたいんだけど」

難しい顔で腕を組む野原に、鹿野はしれっと言った。

「無理よ。痰が詰まると、アンタ死ぬよ！」

鹿野はむすっと野原を見る。まったく諦める気のない頑固な顔と、野原は負けずににらみ合う。

「申し訳ありませんが、うちの看護婦を二十四時間体制で、お宅に待機させるわけにはいかないんです」

看護師が理路整然と告げると、鹿野は何でもないことのように言った。

「それはボラがやるから」

「そうですよ、俺たちがやります」

塚田が勢い込んで言う。塚田の言葉があまりにも安易に聞こえたのだろう、野原は噛んで含めるように言った。

「痰吸引は、医師や看護婦にしかできない医療行為です。例外的に認められているのは家族だけ」

「先生」

鹿野は真剣な顔で、懸命に喉を震わせて言った。

「俺のボラはみんな、俺の家族なんだよ」

美咲も、貴子も、高村も、塚田も、誰一人その言葉に驚かなかった。それは言葉にせずとも、美咲たちの中でもう共有されていた思いだった。

「その家族のせいで死んだとしても、俺は、一切、文句は言わない。だから……」

「何と言われようと」

苦しそうに紡がれた言葉を、野原は鋭く遮った。

「帰すわけにはいかないの」

「病院に閉じ込められたままじゃ、俺は……俺じゃ、なくなる。このまま、天井の穴を数えながら、し、死んでいくのは嫌なんだよ！」

病院の天井は、小さな穴が等間隔に並んだボードで覆われていた。入院以来、鹿野はほとんどの時間を、その天井を見上げて過ごしてきたのだった。

「あなたたちだって、仕事が終わると、家に帰るじゃないか……だったら、俺だって、家に帰りたい！」

鹿野は息を声に変え、切々と訴えた。それは鹿野のわがままだった。本当に命がけの、大きなわがまま。美咲はその心からの声を聞いた途端、なんとしてもその思いを叶えようと心に決めた。横にいる貴子たちの鹿野を見る表情から、彼女たちもまた同じ気持ちであることはすぐにわかった。

「簡単に言わないで。痰吸引を行うには研修も必要になるし、毎日二十四時間誰かがついてなきゃならない。あんたたちには無理よ」

「やれますよ、それぐらい」

美咲は挑むような目をまっすぐ野原に向け、静かに言い切った。

「鹿野ボラ、舐めないでください」

美咲の啖呵に、鹿野も口をあんぐりとあけて、美咲を見た。

美咲は野原から目を逸らさない。

そして、とうとう根負けした野原は、しっかりと体制が整えばという条件付きで、鹿野の帰宅を認めた。


美咲たちは病院での介護を続けながら、二十四時間体制の介護を支える十分なボランティアを確保するため、何とか時間を見つけ、必死に募集活動を始めた。

大学に行ってビラを撒くだけでなく、かつてボランティアとして鹿ボラにいた人たちにも片っ端から連絡を取り、少し時間を分けてもらえないか、と頭を下げる。また、より広く人に訴えようと、ローカルラジオに出演したりもした。出演することになった塚田は、緊張しきりで、「ロックな筋ジストロフィー患者、鹿野靖明の自立支援ボランティア活動へのご協力、宜しくお願いします！」と暗記したことを、一本調子の大声で繰り返すばかりだった。しかし、それが却って何かを訴えるものになっていたのか、少なくない反響があった。

そして、そうした地道な活動を続け、数か月が経った。

夏真っ只中のある日、鹿野はボランティアたちを西区病院の会議室に集めた。痰吸引の研修を行うためだ。

会場に次々と詰めかけるボランティアたちの中には、美咲のバイト仲間である加奈と由美の姿もあった。加奈は「合コンネットワークを広げるため」などと少し浮ついたことを口にしていたけれど、それでも参加しようと思ってくれたことが美咲は嬉しかった。

会場には、四、五十人ほどの人が集まっている。

医学生や看護学校生も多かったが、まったく医療の心得がない人も少なくなかった。そんな人たちにもわかるように、看護師たちが人体模型を使って、吸引の手順を丁寧に説明していく。

「一番大切なのは、皆さんが鹿野さんの命を預かるんだという強い自覚を持つことです」

看護師は最後に重々しい口調で告げた。その言葉に、皆の顔がさっと引き締まる。会場に現れた時は、どこかサークル活動に参加するノリだった加奈と由美もまた、美咲が初めて見るような真剣な顔をしていた。

看護師の説明が終わり、さっそく、実際に痰吸引を行うことになった。

車椅子に乗った鹿野が、塚田に押されながら登場する。多くの視線を浴びながら、鹿野は飄々とした顔で、左手をゆっくりと動かしピースサインを送る。

ボランティアたちは拍手で迎えた。

自宅でボランティアたちを教えていた時と同様、鹿野は先生だった。

喉の痰を吸われながらでは、実際に言葉で指導することはできなかったけれど、新人たちのたどたどしい手つきに、鹿野は辛抱強く耐え、表情で必死にどうしてほしいかを伝えた。

実際に吸引をすることになった由美が、人工呼吸器を外した後の、喉の奥へと続く穴を、こわごわと見つめる。

こわい、こわいと繰り返す由美を、美咲は加奈とともに励ます。意を決した由美はチューブを喉の穴へと差し込んだ。

「いくよ……ごめんなさい！」

なぜか謝りながら、由美はチューブを差し込んでいく。慎重に差し込まれたチューブは、痰に行き当たり、ごごごという音を立てて、吸い始めた。

ずっと「こわいこわい」と言い続ける由美の危なっかしい吸引を受けながら、鹿野は「怖いのはこっちだよ」とでも言いたげな顔をしている。そして、吐き気を逃がすように、何度も小さく息をした。

研修を何度か重ね、痰吸引も出来るボランティアの数がようやくそろった。

退院の日を迎えた鹿野は実に晴れ晴れとした顔をしていた。

「何かあったら、いつでも来なさい」

そう告げた野原に、鹿野は「来ませんよ、もう」としれっと告げた。

「せっかくシャバに出るのにさあ」

その言い様に野原も思わず苦笑する。

「……アンタ、大した家族を持ったねえ」

野原の言葉に、鹿野は嬉しそうにほほ笑む。

野原は入院した時からずっと鹿ボラが鹿野と時にぶつかり合いながらも、一緒になって戦っている姿を見てきた。長い入院生活、こんな体制が続くのだろうかと、半信半疑で見守っていた。しかし、鹿野と、そして鹿ボラのメンバーたちはやり遂げた。戦い抜いたのだった。

その姿を見てきたからこそ、野原は退院後の鹿野を彼らに任せてもいいと思えたのだった。

野原はふっと微笑み返すと、鹿野に背を向け、颯爽《さっそう》と歩き出した。

「ありがとうございました」

背中に向かって、鹿野が告げる。野原は振り返らず、ひょいと右手を上げた。

鹿野が入っていた病室は、念のため一週間は空けておくことに決めていた。

自宅に戻り、体調が急変した時のための備えだ。人工呼吸器をつけた患者の自宅での生活がうまく行くかどうか、未知なことだけに、野原にも全くわからなかった。

空けておいた病室がどうか無駄になりますように。

野原は歩きつづけながら、祈るように思った。


鹿野の一言一言に、頷きながら記者は手帳に書き込む。

鹿野は北海道新聞の取材を受けていた。これまで、何度も取材を受けてきた鹿野は慣れたものだ。しかし、人工呼吸器をつけ、退院してからの取材は初めてのことだ。鹿野は美咲とともに、大騒ぎで服を選んだ。チェックのシャツに、ジャケットを羽織《はお》り、人工呼吸器のホースがついた首元は洒落《しゃれ》たスカーフで覆う。

そんな服装でばっちり決めた鹿野は、いつも以上に格好つけながら、思う存分、人工呼吸器のこと、入院生活のこと、そして、退院を可能にしてくれた鹿ボラの存在について語った。

「自立生活に戻れたのはひとえに、鹿野ファミリーのおかげなわけさ」

そう結ぶ鹿野の言葉は、活字になることを意識したものではあったけれど、そこには深い実感が籠っていた。最初はどうなるかと思われた、人工呼吸器をつけての自立生活だったが、時間をかけて準備をしたこともあってか、大きな問題もなく、順調だった。

「なるほど、わかりました。ありがとうございました」

記者は頭を下げ、手帳を閉じる。久しぶりに長い時間話し続けた鹿野は、痰が絡みそうになるのか、しきりに言葉を切りながら、話し続ける。

「あ、でも、記事では俺のことも、カッコよく……書いてね」

隣の部屋から貴子、高村とともに見守っていた美咲は、鹿野らしい一言に思わず微笑む。

「いい男に撮ってよ」

カメラを構えた記者に、鹿野がすかさず言う。記者は笑って、「いただきまーす」とシャッターを切った。

その時、部屋の電話が鳴った。貴子が立ち上がり受話器を取る。

「あ、もしもし。田中君？」

貴子の言葉に、美咲はちらりと彼女を見る。病院の屋上で顔を合わせて以来、田中はボランティアに来ていなかった。北海道大学でビラを撒いている時、何度か顔を合わせたけれど、そのたびに彼は逃げるように踵を返した。

「どうしてたのよ。全然連絡取れなくて心配してたのよ。えっ……田中君？」

貴子が受話器に向かって呼びかける。しかし、電話はもう切れていた。

「掲載日が決まったら、ご連絡します」

取材を終えた記者が荷物をまとめながら、挨拶をする。鹿野は上機嫌で、「また来てね」と伝えた。車椅子を操作し、部屋の出口まで見送る。

「記事の写真は大きく使ってね」

そう調子よく声をかける鹿野の前に、貴子が回り込む。そして、膝に手を置きながら、

「鹿野」と声を潜めた。

「田中君、ボラやめるって」

「ええっ」

鹿野の顔色が変わった。

美咲は貴子の言葉を、やっぱりと思いながら聞く。何もできなかったと悔しそうに言った田中の言葉を思い出す。そんなの自分だってそうだよと腹が立った。何もできなくて、でも、それでも何かせずにはいられないんじゃないの。ちょっと人の目を気にしすぎるところはあるけれど、本当は誰よりも優しい人だと知っているだけに、田中の決断が腹立たしく、もどかしかった。


大学を出たところで、不意打ちをくらい、田中は思わず立ち止まった。

電動車椅子を操作しながら、鹿野が近づいてきたのだ。その後ろにはここまで鹿野を送ってきた高村の姿も見える。

「田中君、久しぶり」

鹿野に話しかけられ、田中は軽く頭を下げると、振り払うように足早に歩き始めた。しかし、鹿野は「待てよ」と言いながら、追いかけて来る。

木々の間に伸びるまっすぐな遊歩道を、鹿野はどこまでも追いかけて来る。電動車椅子の速さは、思った以上で、振り払えそうで振り払えない。

一瞬、走り出そうかとも思ったが、さすがにそこまで大人げない真似はできなかった。少し歩く速さを緩めると、鹿野はすかさず話しかけてきた。

「退院パーティーがあるんだけど、さ」

声を取り戻した鹿野と話すのは、これが初めてだった。とぎれとぎれで、ゆっくりとした話し方ではあったが、それでもやっぱり、ちょっと強引で、でも憎めない、鹿野らしさは十分にあった。この人は本当にやり遂げてしまったのだなと思う。そして、今も戦い続けている。

今、逃げ続けている田中にとって、その姿は一番見たくないものだった。

「行けませんよ、僕、ボラやめましたから」

素っ気なく答えるが、鹿野は車椅子の速度を上げ、田中に並ぶと、ぐいぐいと話しかけてくる。

「美咲ちゃんに聞いたよ、医者も諦めるんだって？」

田中の手元には退学申請のための書類があった。もうあとはこれを出すばかりだ。なのに、なかなか提出できないでいた。自分は父の怒りが怖いのだろうか。母の悲しみを恐れているのだろうか。田中は書類を持ち歩きながら、惰性のように授業に通っていた。

「初めてボラに来た時のこと覚えてるか？　田中君、俺に、偉そうに言ったんだぞ。……『僕がここにいるのは、患者と向き合える医者になるためです』って。『一人一人の思いに、寄り添える、医者になりたいです』って」

その時のことはよく覚えていた。馬鹿みたいに張り切っていて、馬鹿みたいに何もできなかった。鹿野に何度も叱られ、その度に「帰れ！」と怒鳴られたことを思い出す。自分は何であの時、ボランティアを辞めずに、通い続けたのだろう。多分、まだ信じていたからだ。自分はできると、根拠もなく信じていた。

「……何にもわかってなかったんですよ」

田中は自分を突き放すように言った。

「自分はもっと出来る人間だと思ってました。でも、違ってました」

「健常者が生きるのも、大変」

鹿野が歌うように言う。これまでものすごい数のボランティアと接してきた鹿野は、その人数と同じだけの悩みと接してきた。障害があっても、障害がなくても、悩みはある。その悩みが世の中から見て、小さくても大きくても、その当人にとっては大問題だ。そのことを鹿野は良く知っていた。だから、田中はボランティアで通っている間、鹿野に些細な悩みなどを打ち明けたりもしたけれど、鹿野は決して田中の悩みをバカにしたりしなかった。自分の方が大変なのに頑張っているんだぞ、などと説教することもなかった。

「お前何がしたいんだよ。何が大事だ。何が大事なんだ」

鹿野は遠慮なく、核心に迫ってくる。どんどん踏み込んでくる鹿野から逃げるように、また、田中は足を速める。しかし、鹿野はぴたりとついてくるのだった。

「何かあったら相談しろよ。友達なんだからさ、俺たち」

その言葉に、田中は思わず、ちらりと鹿野の顔を見る。

「友達ですか、僕たち？」

正直、そんな風に思ったことはなかった。考えてみれば、どの友達よりも長い時間を一緒に過ごし、いろんな話もしたけれど、田中は自分のことを、あくまで鹿野のボランティアだと考えていた。

「俺は、そう思ってるよ。思ってるよ」

鹿野は、田中が二人の間に引いた線をひょいと超えてくる。

「言いたいことあるなら、言えよ」

「ないですよ」

誤魔化すように笑う田中を、鹿野は口をへの字にしてにらんだ。

「本音で話せよ。正直に生きてるか、お前？」

田中は足を止めた。少し遅れて、鹿野も車椅子を止める。くるりと向きを変えた鹿野に、田中は低い声で言った。

「正直が……そんっなに、いいことですかね」

自分の中から吹き上がってきた激しい感情に、思わず声が上ずる。

「あなたは正直に生きてることが自慢かもしれないけど、それがなんなんです？　振り回される側の身にもなってくださいよ」

そして、田中は鹿野に頭を下げた。

「お世話になりました」

それは、別れの言葉だった。田中は足早に歩きだす。今度は鹿野が追い付けないほどの速さで。

そんな田中の後姿を、鹿野は口をへの字にしてにらみつける。距離を置いてずっとついてきていた高村が、鹿野の肩をぽんと叩いた。

鹿野の退院祝賀パーティーは、広い会場を貸し切って盛大に行われた。何せ、ボランティアだけで何十人といるのだ。お世話になった人を呼ぶだけで、自然とかなりの規模になった。

しかし、そんなに予算があるわけでもなく、折り紙や薄紙の花で飾られた会場は、手作り感満載で、それがかえって、どこかくつろいだ温かい雰囲気を醸し出していた。

参加者たちの前でスピーチする鹿野も、すっかりリラックスした表情を見せている。

「人工呼吸器のおかげで、呼吸は絶好調です！　もはや呼吸器は、僕の身体の……身体の一部です。……人工呼吸器、最高ー！　そんな気分です」

会場からどっと笑い声が起こる。

「みなさんも、一度つけてみてはいかがでしょうか」

鹿野のとぼけた口調に、また一段大きな笑いが響いた。

「今や、私の新しい目標は、呼吸器をつけても、輝かしい未来があることを、世に、知らしめることであります」

参加者たちがあたたかな拍手を送る。熱心に写真を撮っていた高村は、後ろの貴子を振り返って、「はじめはあんなに嫌がってたのにな」と言って笑った。「調子がいいんだから」と貴子も笑う。

「十二年前、僕が自立生活を……始めた時から……ボランティアのみんなと、過ごした日々は……毎日が戦いでした」

呼吸器をつけたことで、とぎれとぎれにゆっくりと紡がれる言葉。しかし、それは鹿野がこれまでの日々を、じっくりと噛み締めているようにも響いた。美咲はその言葉に、鹿野と出会ってからの日々を思い出す。自分がこんな風にボランティアを続けるなんて、思わなかった。自分の人生に無縁なものだと信じ込んでいた。

「何度もぶつかり、たくさん喧嘩もしたし、たくさん傷つけあいました。でもそうやって、本気で……本気で向き合ったからこそ、みんなのことが理解できたし、僕の、僕のことも、わかってもらえたんだと思います。今、僕が、こうやって生きてられるのは、みんなが、風の……風の日も、雨の日も、雪の日も、毎日、一秒も欠かさず、僕のそばにいてくれたからです」

鹿野は声を振り絞る。その目には、涙が浮かんでいた。

「みんなに出会えて、本当に……良かった。本当に、本当に」

そして、鹿野は「ありがとう」と言った。普段、あまりいちいち礼など口にしない鹿野のまっすぐな感謝の言葉。その気持ちは普段から分かっているつもりでも、改めて告げられるとぐっと来た。美咲も、他のボランティアたちもみな目を潤ませ、微笑みながら、拍手をおくる。

真っ赤な目の高村がビールを片手に立ち上がり、乾杯の音頭を取るために、マイクの前に立った。

「ええ、それでは、鹿野がこれからも我々に元気で、とんでもないわがままを言い続けられるように、乾杯しましょう！」

ボランティアたちがさざめくように笑いながら、グラスを手にする。

「じゃあ、鹿野、こちらこそありがとう！　乾杯！」

高村が鹿野に向かって高くグラスを掲げる。美咲は同じテーブルの加奈や由美とグラスを合わせる。鹿野も塚田が差し出したグラスから、ストローでビールを飲んだ。

乾杯を終えた参加者たちが自分の席に落ち着き、会場には一段落したような空気が流れる。鹿野は途端に緊張した様子で、塚田を見た。塚田は大きく頷き、鹿野の手に小さなケースを載せる。鹿野は固い表情で頷き返した。

そして、打ち合わせ通り、塚田の合図とともに、会場の照明が消えた。小さくどよめいた参加者たちは、スポットライトが当たる鹿野を一斉に見つめる。鹿野は意を決し、車椅子を前に進めた。まっすぐ進む先にいたのは、真っ赤なワンピースを着た美咲だった。

「なになになに？」

笑いながら、逃げるように腰を浮かす美咲に、鹿野は「美咲ちゃん」と呼びかけた。

「これを」

鹿野の手の上には、指輪のケースが乗っていた。開いたケースの中の指輪が、照明の光を受け、まぶしく光る。

「安物だけど、心を込めた指輪だ。受け取ってくれないか」

美咲は半分腰を浮かしたままで、固まっていた。これがプロポーズだということはすぐにわかった。でも、まったく予想もしていなかった鹿野の言葉に、頭の中はぐちゃぐちゃだった。

「えー、ちょっと待って……みんないるし」

「だって、俺はいつだって、全部みんなに見られながら暮らしてるんだよ。二人きりのプロポーズなんて無理だろ」

鹿野の言うことはもっともなようで、どこかおかしかった。二人きりが無理だからといって、こんな大勢を集めて言うことでもない。

美咲は口を手で覆う。本当にちょっと待ってほしかった。一度落ち着きたい。考えを、心を落ち着かせたい。しかし、鹿野は畳みかけるように、情熱的に言葉を続けた。

「初詣の願い事も、君のことだった。君のことが好きなんだ」

こんなにストレートな告白を受けたのは初めてだった。田中からだって、遠回しにしか告げられていない。その言葉の強さと、真剣なまなざしに、美咲は思わずどきっとした。

「君と、ずっと一緒に居たい」

美咲は鹿野と見つめあう。

会場は静まり返っていた。皆、固唾をのんで、二人のやり取りを見守っている。

美咲はふっと鹿野から目を逸らし、瞳を揺らす。

そして、鹿野を見つめ、小さく「ごめんなさい」と言った。

鹿野は指輪を持ったまま、さらなる言葉を待つようにじっと美咲を見つめている。

美咲はゆっくりと椅子に座り、鹿野と目線を合わせる。そして、なるべく嘘のないように、自分の中の気持ちを丁寧に探りながら、口を開いた。

「鹿野さんは……私にとって、大切な人で、すごく大きな存在です。……でも、これは受け取れません」

鹿野が悲し気に目を伏せるのを、美咲は胸がつぶれるような思いで見つめる。しかし、同情で、こんな大事な答えを曲げることはできなかった。鹿野もそれは望んでいないだろうと思う。

「私……あの、好きな人がいたんです」

過去形で言った途端、美咲は自分の言葉に苦しくなった。

「その人いろいろあって、夢とか諦めちゃって……で、今はなんでもないんだけど、でも……まだ、引っかかってて、で、悔しい気持ちとかもあって。……だから……ごめんなさい」

囁くような声で謝ると、鹿野はかすかにほほ笑んだ。ゆっくりと頷く。

美咲の言う「好きな人」が誰かわかったのだろう。鹿野はどこか悟ったような顔で、美咲を見た。

「でも、ありがとう」

美咲がそう告げると、鹿野は「ごめんなさい」と言われた時よりも哀しい顔で、微笑んだ。

大学病院の廊下で、田中はお世話になっている教授にばったりと出会った。

教授には少し前に、退学することを伝えている。

その時も、今も、教授はしきりに田中の退学を惜しんでくれた。

「退学の意志は変わらないんですか？」

教授は「意志」と言ったが、そもそも田中に「退学の意志」などないのだった。そんな風に、積極的に退学をしようという強い気持ちなどはない。ただ、患者と向き合うのがつらくて、そんな弱い自分と向き合うのがしんどくて、逃げようとしているだけだ。

「……残念ですね」

じっと黙ったままの田中にそう告げ、教授は去って行った。

残された田中はゆっくりと廊下を歩きだす。廊下には折り紙で作った花などが飾ってあった。そこは小児病棟だった。

田中はふとひとつの病室の前で足を止める。

病室では、一人の少年が車椅子に乗ろうとしていた。筋ジストロフィーの患者なのか、手足にうまく力が入らないようで、車椅子につかまった状態のまま、体を乗せることができず、苦戦している。

その姿にたちまち田中は鹿野のことを思い出した。

少年は田中の存在に気づくと、ためらうことなく「手を貸してください」と声をかけた。

はっとした田中はすぐに病室に入り、「一旦車椅子から離れるね」と優しく声をかけ、少年を抱え上げる。そして、「3、2、1」の掛け声とともに、少年の身体を車椅子へと引き上げた。鹿野に対して何十回、何百回と繰り返してきたことだ。体が覚えているという感じがした。

「助かりました。ありがとうございます」

笑顔で礼を言われ、ささやかながら彼の力になれたことに、小さな喜びを覚える。それは、久しく忘れていた感覚だった。

田中はふと病室の壁に貼られていた新聞記事に目を止める。記事には鹿野の写真が大きく掲載されていた。人工呼吸器をつけているところから見て、最近のもののようだ。見出しには大きく、「できない事は助けてもらう」と書かれていた。鹿野はシンポジウムでも、参加者の少年に対し、同じようなことを言っていた。そういえば、質問したのはこんな感じの車椅子の少年ではなかったか、と田中は記憶をたどる。もしかしたら、この少年はあの時、あの場所にいたのかもしれない。そして、鹿野の言葉に強い感銘を受けた。だから、田中に対しても、臆することなく助けの手を求めることができたのではないか。そう思うと、重くじんと響くものがあった。

新聞記事にはもう一つ、見出しがあった。「呼吸器使用者『夢を諦めないで』」。鹿野らしい言葉だと田中は思う。

（お前何がしたいんだよ。何が大事なんだ）

鹿野の言葉が、今、ここで言われているかのように、はっきりと耳元に蘇る。

本当に鹿野さんはいつも、心の奥までずかずかと入ってくる。

田中はふっと微笑むと、苦し気な顔で写真の鹿野を見つめた。

鹿野の部屋では、鹿野がこんこんと眠っていた。

不眠症で、あれだけ眠れない眠れないとこぼしていた鹿野だったのに、最近では昼間にも眠っていることが増えた。

ベランダでは塚田が新人のボランティアの大沢《おおさわ》に洗濯物の干し方を指導している。

「ここ当たったら痛いからね。ちゃんと伸ばす」

ちょっとしたしわであっても、自分で伸ばすことのできない鹿野にとっては、大きなストレスになる。肉の薄い鹿野にとって小さなしわも、体にあたるとひどく痛むようだった。

新人は頭を下げる。

「勉強になります！」

鹿野のプロポーズの後、美咲は一度予定していた通り、ボランティアにやってきた。美咲も鹿野も必死にいつも通りに装っていたが、うまくいかなかった。美咲は鹿野と目も合わせられず、その振る舞いはひどく不自然だった。鹿野のことが心配な気持ちはある。しかし、プロポーズを断っておいて、顔を出し続けるのも残酷ではないか。美咲はそれ以来、バイトや受験勉強を理由に、ボランティアを断るようになった。

田中や美咲だけでなく、ボランティアはそれぞれの事情でどんどん辞めていく。だから、どんどん新しい人に入ってもらい、研修をして、一人前になってもらわなければ、鹿野の生活は回っていかないのだった。

鹿野が眠る隣の部屋では、貴子がその寝顔を見詰めながら、西区病院の看護師と麦茶を飲んでいた。看護師は定期的に通ってきては、医療的なチェックをしている。入院中からずっと顔を合わせていたこともあり、貴子とその看護師はもうすっかり気の置けない関係になっていた。

「なんだか、最近妙なのよね」

貴子が鹿野を見詰めながら、看護師に話しかける。

「よく昼寝するし」

看護師の言葉に、貴子は頷いて、苦笑した。

「丸くなっちゃったっていうか。悟り開いたみたいに穏やかになっちゃって」

矢継ぎ早に飛んでくる指示がなくなって、ボランティアとしてはぐっと楽になったといえる。しかし、貴子は寂しかった。鹿野を突き動かし続けてきた欲望が、ゆっくりと薄れていくようで。

「……あの、野原先生が今のうちにやりたいことをすべて、やらせてあげてください、と……おっしゃってました」

看護師がおずおずと告げる。貴子は急に喉を通らなくなった麦茶をごくりと飲んだ。うっすらと感じていたことではある。しかし、改めて野原の言葉として告げられると、その事実はずしりと重かった。

そして、貴子たちは改めて鹿野にやりたいことを聞いた。

本当の一番の夢はアメリカに行くことだろうが、さすがに今の自分がそんな長距離の旅行に耐えられるとは鹿野も思わなかったようだ。

鹿野は美瑛に旅行に行きたいといった。これもまた、鹿野が口癖のように言っていた夢の一つだった。

そして、すぐに高村たちは二台のワゴン車を手配し、美瑛に向かった。車は町を抜け、遮るもののない広大な大地を走り続ける。

「ふー！　やっぱり旅行はいいねえ！」

視界一面に広がる緑の草原や畑を見詰め、鹿野は歓声を上げた。久しぶりに見る元気な鹿野の様子に、塚田は嬉しそうににこにこと頷く。

「最高ですよね！」

同意の声を上げた新人のボランティアに、すかさず塚田が「大沢君、みんなは旅行だけど、君はボラ研修なんだからね」と先輩風を吹かせる。新人ボラが首をすくめると、くすくすと笑い声が起こった。

放牧された羊を見て、鹿野は「羊うまそうだな」と口にした。食欲も戻ってきたようだった。

途中、色とりどりの花で埋め尽くされた場所で、鹿野たちは車を止め、休憩がてら、車を降りる。

「まじ綺麗じゃねえ～!?」

鹿野は興奮した声を上げる。ボランティアたちも一緒になってしばらく、その風景に見入った。

花畑の近くには、ソフトクリームというのぼりを立てた小さな売店が立っていた。

加奈と由美は売店に向かって駆け出すと、それぞれにソフトクリームを手にあっという間に戻ってきた。

「はい、ラベンダーソフト」

「はい、牛乳ソフト」

二人は左右からそれぞれソフトクリームを鹿野に差し出す。

「これ究極のミックスソフトだねえ」

鹿野は二つのソフトクリームを見詰め、はしゃいだ声を上げた。加奈と由美は声を合わせて笑う。

「鹿野さん、地ビールあるみたいですよ」

塚田に言われ、鹿野は究極のミックスソフトを味わいながら、「地ビール飲みたい！」と声を上げる。

その様子に、少し離れて見守っていた貴子と高村は声を合わせて笑った。

「旅行の計画が決まった途端すっかり元気になっちゃって」

貴子の言葉に、高村は頷く。

「実際、検査結果もよかったしね」

旅行前、念のために一通りの検査を受けた。しかし、覚悟していたより、ずっとどの数値もよかったのだ。

「そうだね、病は気から」

このことわざは本当だと貴子はつくづく思う。旅行の計画をきっかけに、夢や欲を思い出したかのような鹿野の回復ぶりには、目を見張るものがあった。

「美咲ちゃんも来れたらよかった」

ぽつんと呟いた貴子の言葉に、高村は頷く。

貴子たちはもちろん美咲にも声をかけた。しかし、美咲はバイトがあると言って断ったのだった。加奈たちによれば、かなりシフトの変更はきくバイト先らしい。しかし、美咲はバイトがあるの一点張りだった。

貴子も高村も本当の理由はわかっている。プロポーズが失敗したらこうなることは、大体想像がついていた。鹿野だってわかっていなかったはずはない。

でも、そこでプロポーズをするのが鹿野なのだった。

自分の気持ちに正直で、ダメだった場合のことなど恐れないで、当たって砕ける。

貴子と高村は離婚も含め、数々の鹿野の失恋を見守ってきた。だから二人は惚れっぽい鹿野が「しょうがない、次だ次!」とまた前を向くことを知っている。美咲のことはだいぶ引きずっているけれど、きっといつかは立ち直る。

しかし、鹿野にとって美咲は恋した相手というだけでなく、家族でもあるのだ。美咲にとっての鹿野もまたそうだろう。そして、貴子たちにとってもまた、二人とも家族も同然なのだった。そんな美咲がここにいないことは、ひどく寂しいことだった。

いつか、時間が解決してくれるといいのだけれど。貴子はどこか無理してはしゃいでいるようにも見える鹿野を見つめ、そう願った。


高村たちは鹿野の希望を聞き、美瑛のコテージホテルを借り切っていた。森の中にあるそのコテージホテルは近くにほとんど建物もなく、しんと静かだった。

荷物をおろした一行は、夕食までどう時間を過ごそうかと話し合う。

鹿野は、皆に、外で遊んでくるようにと言った。コテージの前には広々とした庭がある。


高村は鹿野もどうだと誘ったが、鹿野は疲れたからといって断った。

実際、長距離のドライブで疲れたのか、鹿野の表情は冴えなかった。

鹿野は貴子に言って、車椅子を庭に面した大きな窓に向けてもらう。鹿ボラの皆が、バドミントンをしたり、花の冠を作ったりと思い思いに過ごす様子を、鹿野はじっと見つめた。

隣の部屋では、一人残った貴子が荷物を整理しながら、鹿野を見守っていた。

花の冠を頭に乗せられ、しきりに照れる塚田を、加奈たちが面白がって写真に撮る。

その賑やかな声をぼんやりと聞いていた鹿野は、突然、苦しそうに顔を歪めた。そして、力なくうな垂れた鹿野は、そのまま前のめりに倒れ、車椅子から転げ落ちる。

加奈たちは異変に気づかず、はしゃいだ声を上げ続けていた。

最初に気づいたのは、貴子だった。荷物の整理をしていた彼女は、ふっと顔を上げ、倒れている鹿野に気づき、慌てて駆け寄る。

「どうしたの、鹿野」

貴子は必死に声をかけるが、鹿野は苦しそうに呻くばかりだった。

「疲れたのよね。布団出すから、寝よう」

「……寝るのが怖いんだよ。そのまま死んじゃうような気がして……なんか、もうダメかもしれない」

鹿野はうつろな目で貴子を見ながら、消え入りそうな声で言う。

慌てて医者を呼ぼうとする貴子を呼び止め、鹿野は「頼みが、ある」と目にいっぱい涙をためて懇願した。


「ごゆっくりどうぞ」

美咲は料理をテーブルに運び、客に告げる。お盆を小脇に抱え、厨房に向かおうとした美咲を、マスターが呼んだ。

「美咲ちゃん、電話だよ」

美咲は礼を言って、受話器を受け取る。

電話は貴子からだった。

旅行先で、鹿野が急に倒れたという。もうダメかもしれないと告げられ、美咲は頭が真っ白になった。

美咲はすぐさまマスターに事情を話し、バイトを抜けさせてもらうと、まっすぐに駅へと向かった。そして、電車に飛び乗り、美瑛の駅を目指す。

美瑛までは電車で二時間ほどかかる。美咲はゆっくりと暮れていく外の風景を眺めながら、じりじりとした思いで、到着を待った。

すっかり日も暮れた美瑛駅のターミナルはがらんとしていた。美咲はぐるりと見渡して、タクシーがないことを確認すると、意を決して走り出した。駅からコテージホテルまで、走って着く距離ではないことは分かっていたけれど、じっと待ってはいられなかった。

懸命に走る美咲の横を、タクシーがすっと通り過ぎ、急停車する。

「美咲ちゃん！」

声をかけたのは、田中だった。田中も同じ連絡を貴子から受けていたのだった。

美咲は急いで田中の横に乗り込む。

車内にぎこちない空気が漂った。二人は後ろの座席に離れて座りながら、お互いを強烈に意識していた。

「……無事だといいね」

前を見たままで美咲が呟く。田中は小さく頷き、「俺、鹿野さんに伝えたいことがあるんだ」と言った。

伝えたいことが何かを尋ねる前に、タクシーはコテージに到着した。料金を支払い、美咲たちはコテージに向かって駆け出していく。

息を切らせながら、扉を開け、電気のついた部屋に駆け込む。

そこに待っていたのは、車椅子に乗った鹿野だった。

鹿野は愉快そうに、にんまりと笑って二人を見ると、「よく来てくれたねえ」と声をかけた。

美咲は荒い息を吐きながら、茫然と鹿野を見つめる。足から力が抜け、美咲はぺたんと座り込んだ。

よく見れば、鹿野の背後のテーブルには、ビールや料理が並べられており、いつでもパーティが始められそうな状態だ。部屋にいるのは鹿野だけかと思いきや、テーブルの下から、高村たちが申し訳なさそうに、おずおずと顔をのぞかせた。

「何なんですかこれ！　死ぬかと思ったんですよ！　ふざけないでくださいよ、ほんと」

田中は声を荒げ、鹿野や高村たちに食って掛かる。そして、不意に言葉を切り、顔を歪めた。

「冗談じゃないですよ」

田中は泣いていた。鼻柱をぎゅっと抑えながら、顔を背けて泣く田中を、鹿野が面白がってからかう。

「田中君、ひょっとして泣いているのか？」

「いや、泣いてないですよ」

泣きながら、田中は言い張った。

「腹が立ってるだけですよ。おかしいでしょ、本当にさ」

「いやいやいや、本当にごめん、ごめん！」

高村が必死に頭を下げる。

「俺たちもすっかり騙されちゃってさ」

高村の言葉に貴子たちも大きく頷く。

「ひどいんだよ、こいつ」

高村は鹿野の肩をがしっとつかんだ。鹿野は涼しい顔をしている。

「俺だって、死ぬ気で倒れたんだからさあ」

ボランティアたちが笑い声をあげる。美咲と田中だけがまだ、笑い飛ばすこともできず、茫然としている。

「いやでも、すごい演技でしたよね。僕だって本当に死んだと思いましたもん」

そう言って、塚田がなだめるように、田中の肩に手を置く。貴子も慌てて美咲の前にしゃがみ込み、拝むように言った。

「どうしても、二人に来てほしかったって。許してあげて、ね」

「美咲～」と言いながら、加奈と由美が美咲に飛びつく。

「触るな！」

美咲は気が立った猫のように二人を振り払い、顔を隠して床に倒れ込んだ。加奈たちは「ごめんよ」と手を合わせて、許しを請う。

「二人が、揃ってくれて、ほんとうれしいなあ」

鹿野がにこにこと二人を見詰めながら言う。本当に、嬉しそうだった。一番の夢が叶ったかのような顔をしていた。

「明後日から、またボラ来てくれるよな」

「はあ？」

当たり前のように言われ、美咲と田中は思わず声をそろえて問い返す。

美咲はどっと力が抜けた。そんなわがまま、ひどすぎると腹を立てる気力もない。完敗だ、と思った。悔しいけれど、鹿野が死んでしまうという話が嘘だったことが、とにかくうれしいのだった。鹿野がふてぶてしい顔で笑っているのがうれしい。

「とにかく、飲みましょう」

ビール瓶を手にしたボランティアが、声をかける。皆、とにかく飲んでうやむやにしようと、「飲もう！」としきりに声を上げる。

「飲もー！」

やけになって美咲も声を上げた。もう、飲まなければやっていられない。

「田中君、乾杯してくれないか」

鹿野が田中をまっすぐに見つめて言った。美咲はビール瓶を手にしながら、田中の様子をうかがう。田中は美咲のように吹っ切ることもできず、怒りと安堵でぐちゃぐちゃになった気持ちのまま、鹿野をにらんでいる。

「乾杯の音頭といえば、田中君だろ」

そんなこと聞いたこともない。田中もだろう。そんな適当で、押しつけがましい鹿野の言葉に、田中は俯いて長い長い息を吐いた。そして、ふっと諦めたように笑うと、流れ出た涙をぐいっと拭い、ビール瓶を手に、「じゃあ」と口を開いた。

「生き返った鹿野さんに乾杯！」

田中もまたやけになったように声を張り上げ、ビール瓶を高く掲げる。皆、乾杯と声をそろえ、ビール瓶を掲げた。

鹿野は塚田が差し出すビールをストローで飲みながら、嬉しそうに田中を見つめる。田中はビールをあおりながら、何度も何度も乱暴に涙を拭った。

鹿野が無事だったという安堵感もあってか、皆、いつも以上に酒を飲み、はしゃいだ。ボランティアたちはすっかり酔いつぶれ、それぞれに力尽きた場所でぐっすりと寝入っていた。

田中はそんな中一人、目を覚ましていた。どこかで誰かが鹿野の為に意識をはっきりさせておくべきだという気持ちがあり、酒の量をセーブしていたのだ。

ボランティアを辞めたはずなのにと、自分でもおかしかった。

鹿野もまたはっきりと目を覚ましていた。

鹿野に誘われ、田中は一緒に庭に出る。

外の空気はひんやりとしていた。二人は並んで空を見上げる。真っ暗だった空はゆっくりと明るみ始めていた。

「なんで、最初にちゃんと言わなかったんだよ。美咲ちゃんは俺の彼女ですって」

鹿野に責められ、田中は「ああ」と曖昧な笑みを浮かべる。あの時は、美咲がボランティアに加わるなんて思ってても見なかったのだ。ただ、その場をごまかすことしか考えていなかった。

「できる男ぶるのもたいがいにしろよ。人はできることより、できない事の方が多いんだぞ」

鹿野はこの機会に、言いたいことを全部言うつもりのようだった。田中はうっすらと冷えた両腕を抱え込むようにしながら、じっと鹿野の話を聞く。一度気持ちがぐちゃぐちゃになったことで、意地とかプライドとか、そういったややこしいものが吹っ飛んでしまったのか、やけに素直に聞けた。

「そういうとこ本当に、嫌い」

鹿野は子供のように繰り返した。

「嫌いだよ」

そう言われても、不思議と腹は立たなかった。田中は思わず笑いだす。

「二回も言わないでくださいよ」

「……ごめん」

「僕もこんな奴が目の前にいたら、嫌ですよ。美咲ちゃんにも嫌われました」

「……わかってねえなあ、お前は」

呆れたように鹿野が言った。

「いい加減、気づけよ、美咲ちゃんの気持ちにさあ」

ふっと気配を感じて、田中が振り返る。寒そうに背中を丸める、美咲の姿があった。

美咲は鹿野に歩み寄り、ひょいと顔を覗き込む。

「なんか、楽しそう。何話してたの？」

美咲はどぎまぎとする鹿野に気づかず、笑顔で二人に尋ねる。

「男同士の秘密だよな」

鹿野に言われ、田中は急いで「はい」と頷いた。

「ずるいなあ、そういうの」

美咲が笑う。鹿野も、田中も、笑った。

「あ、そういえば、この間の新聞記事のおかげで、ボラ集まったよ。可愛い女子大生もいっぱい来てさ。妬かないでね、美咲ちゃん」

鹿野がにやりと笑う。美咲はいたずらっぽく笑って言った。

「妬いちゃうかも！」

プロポーズの後のぎこちない雰囲気が嘘のようだった。鹿野は嬉しそうに目を細める。

「鹿野さん」

田中は意を決して、口を開いた。

「僕……僕も、自分の気持ちに正直に生きてみます」

「伝えたいこと」はこのことだった。病院で、車椅子の少年を手助けし、鹿野の新聞記事を見てから、田中はひとりでずっと考えていた。自分は何がしたいのか、何が大事なのか。

考えても、考えても、やりたいことは一つしか思い浮かばなかった。医者になることだ。一人一人の思いに寄り添える医者になりたい。自分には無理だと投げ捨てようとした夢が、やっぱり自分にとっては一番大事だった。

医者になることは、もう父親に押し付けられた進路などではなく、とっくに自分の夢になっていたのだった。

「医者になること、もう一度目指します」

「ほんと？」

息のような声で尋ねる美咲に、田中はしっかりと笑顔で頷く。

「自分に負けたくないからね」

なんでも完璧に自分一人でやろうと思うのはもうやめた。できないことばかりだ。どこまで患者に寄り添えるかもわからない。でも、やれるだけやろうと思った。周りの助けを借りれば、時に患者自身にも協力してもらえば、自分にもできることはきっとある。そう思えるようになった。そして、それは多分、悔しいけれど、鹿野の影響だ。

美咲は嬉しそうに笑い、田中の肩を「おいっ」と叩いて、気合を入れてくれた。嬉しい痛みを感じながら、田中は笑顔で鹿野を見つめる。

「鹿野さんにも負けないですよ」

「そうか。じゃあ、俺の診察やらせてやってもいいぞ」

「いやあ」

田中は苦笑する。

「勘弁してくださいよ。医者の言う事なんか全然聞かないのに」

「なんだよ、医者が患者から逃げるのかよ」

「いつも病院から逃げるの、鹿野さんじゃないですか」

美咲に言われ、鹿野は一本取られたというように笑いだす。

「確かにそうだ」

三人は声を合わせて笑う。あれほど冷たかった空気が、さらりと心地よかった。

「美咲ちゃんも試験頑張れよ」

美咲は「おうっ」と胸を叩いた。

「美咲ちゃんなら、必ず素敵な先生になれる」

「……ありがと」

気づけば、だいぶ空は明るくなっていた。薄暗くて良く見えなかった、遠くの景色が次第にはっきりとした輪郭を持ち始める。

「そういえば、田中君が美咲ちゃん、連れてきてくれたんだよなあ」

鹿野が懐かしむように言う。

「二人のおかげで楽しかったなあ。ほんと、いろんなことあったもんなあ、この一年……ありがとう」

鹿野はぐっと大きなものを飲み込んで、もう一度、得意の英語で繰り返した。

「サンキューな」

鹿野は口をぎゅっと引き結ぶ。田中は鹿野の目が潤んでいることに気づく。もしかして、鹿野は一芝居打つことで、自分と美咲を再び出会わせようとしたのかもしれないと、ふと思う。田中はちらりと美咲を見る。美咲はその視線に気づき、柔らかく微笑み返した。

突然、鹿野の顔がさっと明るく照らされる。田中と美咲はほぼ同時に振り返り、目を見張る。

山際から、オレンジ色の朝日が今まさに顔を出したところだった。あまりに鮮烈な光に、田中は目を細める。まぶしいのに、目を逸らせられなかった。

「やばいよ」

「やばいね！」

鹿野と美咲が声を上げる。

三人が見守る中で、太陽はすっかりその姿を現した。その光はたちまち、世界を美しく照らし出す。輝く緑が目にも鮮やかで、まるで森は生まれたばかりのようだった。

美咲は朝日を浴びながら、気持ちよさそうに大きく伸びをする。

「すごいなー。なんだか、俺、どんどん元気になってきたよ」

鹿野の言葉に、二人は笑う。

「今なら、走れるんじゃないかあ」

そう言って鹿野は突然、車椅子で朝日に向かって走り出す。

田中と美咲も慌てて、そのあとを追って走った。

鹿野はぐんぐんと加速し、気持ちよさそうに風を浴びている。

三人は声を合わせて笑いながら、朝日にきらきらと輝く世界を、思い切り走り続けた。

＊

それから七年後の二〇〇二年、鹿野はその生涯を終えた。四十二歳だった。
鹿野は母親に一通の手紙を残していた。その手紙には、自立のため、母親の愛を拒み続けた鹿野の素直な思いが綴られていた。
「おかあちゃんへ
おかあちゃんには、自分の人生を生きてほしいんです。頑張りすぎないでほしいんです。愛情は痛いほど染みていたのに、拒絶してごめんなさい。でも、それが僕の生き方だったんです。

バカ息子より」


光枝はその手紙を何度も何度も大切に読み返した。

鹿野が残したものはその手紙だけではなかった。手紙のように形のあるものではない。でも、鹿野が残したものは、彼と過ごしたボランティア全員の中にしっかりとあった。


往診を終え、白衣姿の田中は、老婆に送られながら、自分の車に向かって歩き始める。民家からその出入口へと延びる小道には、牛舎やサイロが並ぶ。遠くから、時折、牛の声が聞こえてきた。

老婆の家のある寒村は、高齢化が進み、人よりも牛の数の方が多いほどだ。近くに病院もなく、住人たちは診察を受けるにも、苦労じていた。

田中は病院に来るのが難しい患者のため、時間の許す限り、この村に通うようにしていた。

「すみませんねえ、先生。爺さんが入院嫌だって言うから」

老婆が頭を下げる。田中は笑って手を振った。

「いいんです。病院より家にいたい患者さんもいますから」

「これから、まだ往診でしょ？　頑張りますねえ」

「頑張らなきゃ、叱られるんですよ」

老婆は不思議そうな顔をする。

「先生が誰に叱られるんですか？」

「雲の上から、面倒な人が、見張ってるんですよ」

そう言って笑うと、田中は晴れ渡る青空を見上げた。


青空の下、グラウンドでは、小学生たちが元気に走り回っている。

放課後、美咲はそんな小学生たちの姿を横目に見ながら、教室へと急ぎ足で向かう。

「先生！」

教室に入ると、十五人ほどの小学生たちがわっと一斉に美咲を取り囲んだ。

「みんな、元気？」

美咲は声をかけながら、黒板の前に置かれたオルガンに向かう。

毎日、授業を終えた後、美咲はこの教室で、合唱クラブの指導をしているのだった。

後ろの黒板の隅には、合唱クラブの生徒たちが書いてくれた寄せ書きが立てかけられている。「みさきせんせい　けっこん　おめでとうございます」と書かれた色紙の下には、美咲と田中の顔写真が貼られ、それぞれウエディングドレス姿とタキシード姿の身体がイラストで描き加えられていた。

「今日は何歌うの？」

「今日はねえ、先生の大切な思い出の曲です」

美咲は一人一人の顔を見ながら言う。子供たちは「えー」と嬉しそうな声を上げた。

美咲は鍵盤《けんばん》に指をおろし、「キスしてほしい」の前奏を弾き始める。

本当に懐かしい曲だった。歌い始めると、たちまち記憶が蘇ってくる。

八剣山で鹿野と聞いたライブの演奏のこと、そして、みんなで行ったカラオケのこと。

そう、行こう行こうと言っていたカラオケにも、鹿野たちと一緒に行ったのだった。そして、みんなでマイクを回しながら、声を合わせて、この曲を歌った。鹿野も一フレーズ歌うごとにぜいぜいと息をしながら、それでも夢中になって歌っていた。

もちろんブルーハーツの歌声とは全然違ったけれど、皆の声が一つになったその響きには、ガツンと来るようなパワーがあった。

みんなお腹が痛くなるくらいに笑って、喉が痛くなるくらいに歌って、命を今燃やしているんだとはっきりと思えるような濃密な時間だった。

その後、何度も何度も思い返すほどに。

「はちきれそうだ　とび出しそうだ　生きているのが　すばらしすぎる」

ほんとだね、鹿野さん。

美咲は歌いながら、心の中で語り掛ける。

生きていることは、素晴らしすぎる。

生きるというのはただ、命があるだけではないことを、美咲は鹿野に教えられた。

「教えて欲しい　教えて欲しい　終わる事など　あるのでしょうか」

真剣に耳を傾ける子供たちの顔を見詰めながら、何も終わらないと美咲は思う。

確かに、鹿野は今も、美咲の中で生き続けていた。

「愛しき実話」の背景

渡辺一史

本書は、2003年（平成15年）に私が刊行した『こんな夜更けにバナナかよ』というノンフィクション作品を映画化するにあたって、脚本家の橋本裕志氏が脚色したシナリオをもとに、前川奈緒氏がノベライズ（小説化）した作品である。

その意味で、本書は、橋本氏、前川氏、私の三者による合作ということになる。


舞台裏を少し明かすと、当初のシナリオ（準備稿）には、原作とはかけ離れた点が多かった。

映画は必ずしも原作に忠実である必要はない、と私は思っているし、テーマの根幹さえ汲《く》みとってくれれば、あとはおまかせすると、当初はのんびりと構えていたものだった。映画は、そもそも映画制作者たちのものであり、原作者だからといって、その立場を盾《たて》にとって、あれこれ口をはさむほど見苦しいことはないと。

しかし、その根幹にいくつか認識のずれがあったのも確かだ。たとえば、当初のシナリオでは、主人公の鹿野が、「自分でやれる事は自分でやらなきゃ」とシンポジウムで発言する場面があった。しかし、これは、後述するように、重度障害のある当事者たちが1970年代から社会に訴えかけてきた「自立観」とは180度異なる。

また、鹿野の母・光枝のキャラクターにも大きなデフォルメが加えられていた。光枝は、息子の鹿野を「あんな体に産んだ」ことを過剰に卑下《ひげ》し、「筋ジス病棟に押し込んだ」という設定になっていた。そして、鹿野はそんな母親を本気で恨《うら》んで「鬼ババァ」とののしる場面まであった。これらは、「実話」とは異なっている上に、社会に対して、原作とは真逆のメッセージを伝えかねない。

シナリオに不満を抱いたのは、私だけでなく、むしろ映画化のための取材にずっと協力してきた元ボランティアの人たち（通称、鹿《しか》ボラ）だった。

「これって原作者としてどうよ？　このままじゃ、お母さんがかわいそうすぎない？」

私たちは、鹿野さんの死後も、いまだに月1回程度の集まりを欠かすことがないほど親密な間柄だが、その中心には、いつも明るく気丈で、頑固《がんこ》だが面倒見のいい光枝さんの存在がある。もし、これがそのまま映画となって全国公開されるとしたら、現在80代である光枝さんの人生にも少なからず影響を与えかねない。

私は、鹿ボラの人たちから、半ば突き上げを食らうようなかたちで、監督とプロデューサー、および橋本氏に対して、二度にわたってA4判計40ページのシナリオ修正の要望書を提出することとなった。そして、提出するからには、私なりの代替案を見苦しいとは思いつつも、具体的に提案しなくては無責任だという思いにも駆られた。

何度も話し合いを重ねた結果、前述の2点を修正してもらったほか、たとえば、田中が、「あの人のわがままは命がけなんです！」と、鹿野を必死に弁護する場面があるが、あれも無理にお願いして、シナリオに採用してもらったセリフの一つである。

そんな中、このノベライズ版の企画が持ち上がった。

ノベライズを担当した前川氏は、橋本氏のシナリオを損なうことなく、なおかつ私の要望書にもしっかりと目を通した上で、さらに映画には採用されなかった私の提案のいくつかを本書の中にうまく取り入れてくれた。なるほど、プロフェッショナルの技量とはこういうものか、と私は本書のゲラを読みながら、深い感銘を受けた。

また、美咲や田中が、鹿野と出会うことでどう成長していったのか。映画の中では俳優が身体によって表現した内面の変化を、しっかりと言語化している点もみごとだと思った。たとえば、美咲が、徐々に「障害者」という属性の奥にある鹿野の個性とまっすぐにつながっていくプロセスを、じつに端的な表現でこう描き切っている。


これまで障害者を差別したり、区別したりするべきでないと教えられてきたし、当たり前のように自分にもその感覚があると思っていた。

でも、自分は鹿野を鹿野としてではなく、初めからただ障害者という前提で見ていたのだった。

「障害者ってそんなに偉いの？」と美咲は鹿野に言葉をぶつけた。

でも、きっと違うのだ。鹿野は障害者だから偉そうなわけではない。偉そうなのは鹿野の個性だ。障害者として戦ってきたことが、もしかしたら関係しているかもしれないけれど、でも、障害者だからって威張っているわけではない。

そういうことが一瞬のうちに、わかった。

一方、田中のほうは、なかなか「障害者」という属性の奥にいる鹿野本人とまっすぐにつながることができず、やさしさや配慮を「偽善」のように演じ続ける。

しかし、やがて成長し、父親にもまっすぐにものをいえるようになっていくプロセスは、いかにも現代の若者らしさを感じさせ、美咲と田中という架空のキャラクターに存在感を吹き込んでいる。こうした部分にも、ノンフィクションや映画シナリオとは異なる、ノベライズ版ならではのオリジナリティがある。また、映画を観た人にとっても、映画との細部の違いを楽しむことができ、俳優たちがその一挙手一投足にどんな思いを込めていたかを再確認し、再発見することにつながるだろう。

＊

それにしても、この映画を血の通《かよ》った「実話」として成立させたのは、ひとえに大泉洋さんの鬼気迫る快演のたまものである。

やはり、その点に触れないわけにはいかない。じつは私は、大泉さんとの初の顔合わせの席で、シナリオへの不満をまとめた鹿ボラの意見とともに、私の要望をぶちまけることとなった。それ以降、監督やプロデューサーとの関係は非常にぎこちないものとなってしまったが、そこでの大泉さんの対応は、まさに大人の対応といえるものだった。大泉さんは、現場の混乱にもさして取り乱すことなく、私たち原作サイドの要望を悠々と受け止めた上で、大泉さんならではの役づくりに専心してくれたのである。

今、日本で最も輝きを放つ俳優の風格はみごとなものだった。

映画に登場する鹿野のことを、私は「鹿泉《しかいずみ》さん」と呼んでいる。それは実在した鹿野さんとは、まったく異なる人格でありながらも、似ていないようでどこか瓜二つ《うりふた》でもあるような、大泉さんと現実の鹿野さんとが協働でつくり上げた不思議な人物ということになる。

映画に先立って初公開された特報で、私は初めて「鹿泉さん」を目《ま》の当たりにしたが、思わずうなってしまった。わずか30秒の映像なのに、きわめて明確な世界観があり、うむをいわせぬ実在感があった。そして、シナリオではさして笑えなかったセリフが、大泉さんの身体を通すと、何度見ても吹き出してしまう極上の一幕となっていたからだ。「鹿泉さん」が眼前にあらわれた今となっては、私たち原作サイドのシナリオに対するわだかまりは、きれいさっぱりと洗い流されてしまったように思う。さらにいうと、監督やプロデューサー、そして、脚本家の橋本氏が当初からめざしていたであろう、真のねらいにも気づかされることになった。

私は、自らの不明を恥じるとともに、二重三重の意味で、映画制作の奥深さを実地で学ばされる、じつに得がたい体験となった。

＊

ところで、映画および本書の主要な舞台は、１９９０年代の札幌である。

当時は、ケータイ電話が今のように普及する前夜であり、留守電機能つきの固定電話やコードレスフォンが主流だった。自立生活をする障害者は、ボランティアのローテーションを埋めるため、文字どおり、死にもの狂いで、電話にかじりついてボランティア探しを続けなくては生きていけない時代でもあった。

「今でも障害者は、ボランティアに頼って生活しているのだろうか……？」

映画を観て、あるいは本書を読んで、障害者や介助をめぐる世界に興味や疑問を持った人もいることと思う。

そこで、鹿野さんを始め、全国で自立生活を実現させてきた多くの障害当事者たちによる運動が、私たちの社会をどう変えてきたのかについて書き記しておきたい。

「駅にあるエレベーターっていうのは、障害者たちによる長年にわたる運動によって設置されました。今やそれは、高齢者やベビーカーを押す人にとってもなくてはならないものになっています」

本書にも映画にもこのようなシーンがあるが、おそらく平成の時代に生まれた人たちにとって、駅にエレベーターがついているのは「当たり前」かもしれない。しかし、駅のエレベーターは〝自然の流れ〟でそうなったわけでも、鉄道会社や行政の〝思いやり〟でできたわけでもない。

30年以上にわたる障害者の絶えざる要求と運動によって、ようやく実現した。

それ以前は、行政も市民も、「障害者のために、そんな高価な設備をつけるのは不可能だ」と考えていたからだ。こうした駅の段差解消のための運動は、1970年代前半から全国各地で巻き起こり、2000年（平成12年）にようやく「交通バリアフリー法」（現在のバリアフリー新法の前身）という法律制定に結びついたことで、一定数以上の利用客のある駅での設置が義務づけられた経緯がある。

私が住む札幌市においても、地下鉄駅のエレベーター設置率は100％だが、地下鉄開通時は0％だった。鹿野さんもそのメンバーだった「札幌いちご会」という障害者団体が延々と設置運動を続けてきた結果であり、どこのまちでも、そこに住む障害者が闘いを重ね、勝ち取った成果を、私たちは知らず知らずのうちに享受している。

障害のある人たちの切実な訴えには、こうした面があることを私たちは忘れるべきではないだろう。「なんてわがままな訴えなんだ」と最初は行政も市民も相手にせず、反発さえ覚えた訴えであっても、結果的にみれば、社会全体をいい方向、豊かな方向に変えてくれたということが往々にしてあるからだ。

それは、単に駅のバリアフリー化という都市の機能的な側面だけでなく、私たちの暮らしを支える種々の制度や、より本質的な問題提起へとつながっていく。

＊

「どんなに重い障害があっても、地域で普通に生活できるような社会にしたい」

鹿野さんは、そう主張して、ボランティアたちとの自立生活をおくっていたわけだが、それ以前には、障害者の生きる選択肢は、二つに一つしかなかった。

一つは、一生を親元でおとなしく過ごすこと。もう一つは、施設や病院に入って社会から隔離されて過ごすことである。

なぜ障害者は、施設や病院で過ごすことを、そうまで嫌がるのだろうか。

それは、ひと目でわかるようなひどい暴力や虐待や規則などがあるからというだけではない。どんなに行き届いた施設や病院であったとしても、そこでは障害者や患者は、単に「世話されるだけの人」という一方的な役割を押しつけられるからだ。

たとえば、自立生活をしている障害者は、鹿野さんのように自ら介助を指導したり、若い人たちに影響を与え、自分の人生を主体的に生きることができる。また、人によっては就労し、社会にその能力を還元することも可能なはずだが、にもかかわらず、施設や病院は、そうした障害者や患者が持っている多面的な可能性を奪い、単に「世話されるだけの人」という一面に押しとどめてしまう。そこにこそ根本的な問題はあり、このことは社会にとっても大きな損失のはずである。

大切なことは、自立生活をする障害者たちが、「自立」という言葉に、従来の自立の概念をひっくり返すような新しい意味・主張を込めたことだ。

それまで自立というのは、他人の助けを借りずに、自分で何でもできること（身辺《しんぺん》自立という）、あるいは、自分で収入を得て自分で生きていくこと（経済的自立という）を意味していた。

しかし、そうではなく、自立というのは、自分でものごとを選択し、自分の人生をどうしたいかを自分で決めること（自己選択・自己決定という）、そのために他人や社会に堂々と助けを求めることである。そして、どんなに障害があっても、他人の助けを借りながら「自立」して暮らせる社会は、どんな人にとっても安心して生きられる社会のはずである——。こうした「自立観」の大きな転換は、健常者の生き方をもラクにし、豊かにする大きな価値観の転換をもはらんでいた。

福祉の世界では、施設への隔離収容に代表されるように、「障害者のため」「高齢者のため」といいながら、当事者の立場からすれば、誰も望んでいないような制度や施策を張りめぐらし、それでいて社会保障費の膨張ばかりを嘆く声が高まっている側面がある。障害者の自立生活運動は、そうした福祉のムリやムダを当事者の視点から批判し、再編成していく試みでもある、という点もぜひ知ってほしい。

今日では、鹿野さんを始めとする多くの障害者の自立生活の積み重ねによって、地域によっては、すでに1日24時間の「公的介護保障」が認められつつある。

といっても、そこに住む障害者たちが、自ら声を上げている地域では制度が充実し、そうでない地域では、相変わらず「施設型福祉」が行われているという現状はあるものの、今ではボランティアにほぼ頼ることなく、重度の障害者が地域で生活するための基盤が整いつつあるといえるだろう。

また、人工呼吸器使用者の痰の吸引問題も、2012年（平成24年）から新たな法律が施行され、介護職でも所定の研修を経て吸引を行えるようになった。興味がある人は、手前味噌になるが、ぜひ原作か、あるいは、私が本書と同時期に刊行した『なぜ人と人は支え合うのか』（ちくまプリマー新書）を手にとっていただけたら幸いである。

いずれにしろ、人や社会との摩擦を恐れず、自分を貫きとおす、鹿野さんの素っ裸でキャラ全開の生き方は、彼と接する多くの若者たちに絶大な影響を与えた。

私自身も、まぎれもなく鹿野さんとの出会いによって、生き方を変えられた一人である。そのことを伝えたくて、私は『こんな夜更けにバナナかよ』を書いた。

そして、その本が映画化され、鹿野さんの役を大泉洋さんが演じることになろうとは。私はもちろん、鹿ボラの誰一人として想像だにしなかったし、鹿野さんもまたそうだろう。おそらく天国で、このあまりに意外な展開に大喜びしながらも、同時に、こういって悔しがっているに違いない。

今なら『徹子の部屋』への出演も、まんざら夢ではなかっただろうにと。

（ノンフィクションライター）

本書は文春文庫オリジナルです。作品中の表現では当時の医療と介助を出来る限り再現しています。医療の進歩、法制度の変更により、現在と異なることをご了承下さい。

脚本：橋本裕志
ノベライズ：前川奈緒

JASRAC 出 1811700-801

文春文庫

こんな夜《よ》更《ふ》けにバナナかよ 愛《いと》しき実話《じつわ》

定価はカバーに
表示してあります

2018年12月10日　第1刷

原　案　渡《わた》辺《なべ》一《かず》史《ふみ》
発行者　花田朋子
発行所　株式会社 文藝春秋

東京都千代田区紀尾井町 3-23　〒102-8008
TEL 03・3265・1211㈹
文藝春秋ホームページ　http://www.bunshun.co.jp

落丁、乱丁本は、お手数ですが小社製作部宛お送り下さい。送料小社負担でお取替致します。

印刷・凸版印刷　製本・加藤製本
Printed in Japan
ISBN978-4-16-791195-9

文春文庫　最新刊